INTEMPOL

REIS DE TODOS OS MUNDOS POSSÍVEIS

Octavio Aragão

Editora Draco

São Paulo
2013

Octavio Aragão
Doutor e mestre em Artes Visuais pela Escola de Belas Artes - EBA, UFRJ (2007 e 2002). É professor Adjunto Nível 1 da Escola de Comunicação - ECO/UFRJ. Autor do romance *A Mão que Cria* (2006) e editor da antologia de contos *Intempol* (2000). Lançou seu primeiro álbum de quadrinhos no universo Intempol, *Para tudo se acabar na quarta-feira* (2011). É co-autor do livro *Imaginário Brasileiro e Zonas Periféricas* (2005), com a professora doutora Rosza Vel Zoladz, e publicou artigos em revistas como *Arte e Ensaios* e *Nossa História*.

Publisher: Erick Santos Cardoso
Produção editorial: Janaina Chervezan
Revisão: Eduardo Kasse
Ilustração de capa: Ericksama

Dados Internacionais de Catalogação na Publicação (CIP)
Ana Lúcia Merege 4667/CRB7

Aragão, Octavio
Reis de todos os mundos possíveis / Octavio Aragão. - São Paulo: Draco, 2013

ISBN 978-85-8243-028-6

1. Romance brasileiro I. Título

CDD-869.93

Índices para catálogo sistemático:
1. Ficção : Literatura brasileira 869.93

1ª edição, 2013

Editora Draco
R. Luis Tosta Nunes, 298
Jd. Esther Yolanda - São Paulo - SP
CEP 05372-170
editoradraco@gmail.com
www.editoradraco.com
www.facebook.com/editoradraco
twitter: @editoradraco

Sumário

Introdução: Brasil, um país no reino da "ucronia"

por Eric B. Henriet

O DICIONÁRIO LAROUSSE do século XIX define *ucronia* como "utopia aplicada à história, história refeita logicamente como poderia ter sido". Esse termo francês, um neologismo baseado na *Utopia* de Thomas More, apareceu pela primeira vez no título de um livro de Charles Renouvier[1], publicado em 1876, *Uchronie, utopie dans l'Histoire*, uma recriação de quase mil anos de história europeia contando o que poderia ter acontecido caso os Antoninos houvessem proibido os cristãos no Oriente e descrevendo o desenvolvimento da civilização europeia. Também versava sobre o que aconteceria se o filósofo Marco Aurélio, pouco antes de morrer, indicasse o sábio e perspicaz filósofo Avidius Cassius (que não teria sido assassinado) para sucedê-lo em lugar de seu filho, o cruel Commodus. Cassius reforçaria uma linha política revolucionária, levando a um *boom* nas artes e nos avanços tecnológicos. A religião cristã acabaria banida do Ocidente por imposição de Constantino.

Renouvier não foi o primeiro a ter concebido um passado hipotético, apesar do gênero não ter sido batizado antes dele. Em 1836, o escritor francês Luís Napoleão Geoffroy escreveu *Napoléon Apocryphe*[2], no qual narrava uma história alternativa para o Império Napoleônico. Nele, a Rússia foi invadida por Napoleão, que conquistou o mundo (incluindo a Austrália!) e instituiu uma Monarquia Universal. Além disso, antes mesmo de Blaise Pascal e

1 1815-1903, filósofo francês.

2 Publicado pela primeira vez em 1857 (*em Revue philosophique et religieuse*), revisto em 1876 (*em Bureau de la critique philosophique*). A republicação pela Fayard, de 1988, é certamente mais fácil de encontrar.

seu *Nez de Cléopâtre*, houve muitos pensadores do início do século XIX que, de passagem, em algum texto ou tratado, arriscaram furtivamente um eventual "E se...". Mas Geoffrey foi realmente o primeiro no mundo a ter escrito um livro *inteiro* baseado em uma história de divergência e a explorar as consequências de tais mudanças.

Nascia um gênero. Na primeira década do século XXI, já havia mais de cinco mil referências a obras ucrônicas na literatura, nos quadrinhos, cinema, ópera, jogos, etc. A ucronia pode ser convencional na forma ou mudar a história pessoal de um personagem ficcional, como em *Feitiço do Tempo,* filme em que o personagem revive um mesmo dia, em *loop.* Também pode alterar a obra ficcional de outro autor, criando uma ficção alternativa, modificando as aventuras de Sherlock Holmes, criação de Arthur Conan Doyle, ou o cenário descrito por H. G. Wells em *A Guerra dos Mundos* (e se a invasão marciana fosse bem-sucedida?). Cabe acrescentar que se trata de um gênero distinto do que se convencionou chamar de história secreta (como em *O Homem da Máscara de Ferro,* de Alexandre Dumas), que não tem impacto direto na história do mundo como a conhecemos – essa geralmente é um tipo de ficção de contornos políticos, que pode até ser uma história alternativa, mas que não foi concebida como tal.

Por fim, a ucronia não tem nada a ver com aquele tipo nefasto de tentativa de reconstrução histórica que nega fatos comprovados. O ucronista não nega, ele imagina o que poderia acontecer se, por exemplo, Hitler e seus comparsas tivessem vencido a guerra e imposto um regime de terror ao mundo.

Nosso objetivo aqui não é analisar a produção de ucronia, nem seus temas, sejam os pontos de divergência mais utilizados pelos autores, que vão da sobrevivência dos dinossauros à de JFK, ou ainda as possíveis vitórias de Napoleão ou Hitler. O leitor que desejar se aprofundar pode perfeitamente tentar obter os livros de referência sobre o assunto. Também não pretendemos relatar todas as narrativas de ucronia (que envolvem história alternativa, viagem no tempo ou mundos paralelos), nem mesmo analisar as diferenças entre aquelas desenvolvidas por historiadores ou por escritores de ficção, mas apontar que a ucronia mais difundida no mundo até a década de 1970 foi produzida por franceses e anglo-saxões.

Hoje podemos encontrar narrativas sobre revisitação histórica em várias línguas. Uma consequência esperada desse crescimento seria um *revival* dos tópicos consagrados, apenas com um ponto de vista diferente. É claro que, depois de três décadas, ucronistas alemães, escandinavos, canadenses, russos, japoneses e espanhóis estavam ansiosos para dar seus pontos de vista alternativos sobre a Segunda Guerra Mundial. Na verdade, apenas muito recentemente houve uma tendência dos escritores (geralmente historiadores) desses países em explorar áreas de divergência potencial de suas histórias ou de projetar a luz de sua cultura local sobre grandes eventos mundiais já discutidos muitas vezes.

E é no Brasil que atingimos os primeiros sinais de uma abordagem original, a partir dos anos 1990, com um texto do escritor Gerson Lodi-Ribeiro, que foi traduzido para uma revista francesa em edição limitada, infelizmente. *A Ética da Traição*[3] [4], publicada na versão brasileira da *Isaac Asimov Magazine,* conta a história de um conflito pouco conhecido pelos europeus: a guerra travada entre a Tríplice Aliança, constituída pelos vizinhos Brasil, Argentina e Uruguai, contra o Paraguai, ocorrida de 1865 a 1870, e que causou a redução significativa do território paraguaio e da influência daquele país na América do Sul[5]. Lodi-Ribeiro imaginou que a vitória paraguaia começaria uma revolução industrial que levaria o país a ser uma das economias dominantes em todo o mundo no final do século XX.

Esse novo tema, além de original, tem o mérito de ser uma reflexão sobre a ucronia em si. O herói relutante, um emérito professor brasileiro de física, descobre uma maneira de visualizar o passado e percebe que a realidade em que vive é improvável. Por exemplo, ao tentar presenciar cenas de aulas de história em uma escolinha pública brasileira nos anos de 1950-1960, vê um mapa-múndi, cujo Brasil representado ali não é o dele, mas o nosso. Assim, conclui

3 *A Ética da Traição*, em *Isaac Asimov Magazine de Ficção Científica nº 25* (1992), e *O Atlântico tem duas margens*, Ed. Caminho, col. Caminho de Ficção Científica, nº 155, 1993 (ed. José Manuel Morais), traduzido para o francês por Jean-Pierre Moumon, in *Antarès* nº41/42 (1992).

4 *A Ética da Traição* foi republicada em e-book pela Ed. Draco em 2012. (N. do E.)

5 *Nouvelle France* (1945); *La Renaissance du Livre* (1962); e *Jacques Antoine* (1986).

que a derrota do Paraguai na guerra é o resultado estatisticamente preferido pelas curvas do tempo. Ciente da pobreza do Brasil vitorioso – alternativo para ele, e que corresponde em todos os aspectos à situação do Brasil à época em que Lodi-Ribeiro escreveu seu texto – e também ciente da intenção do governo de usar suas pesquisas para mudar o curso da história em prol do Brasil, ele deserta. De fato, o Paraguai vitorioso e dominante no século XX é melhor para ele; já um mundo onde o Brasil triunfa, em 1870, tornaria seu país um dos mais pobres na década de 1990, além de originar uma terrível Segunda Guerra Mundial. Sim, pois no universo descrito por Lodi-Ribeiro, o Paraguai participou do conflito europeu em 1914-1918, ao lado dos alemães, e influenciou na pacificação do mundo. Assim sendo, nunca houve um Adolf Hitler.

Desde então, Gerson Lodi-Ribeiro fez seu nome no pequeno universo dos ucronistas. Ele é não apenas autor de vários romances, novelas[6] e coletâneas de contos[7], como também é o editor de uma série de artigos sobre história alternativa[8], assim como é organizador de várias antologias, com destaque para *Phantastica Brasiliana* [9], em parceria com o escritor Carlos Orsi, que inclui apenas histórias de Brasis alternativos. Um dos melhores contos é certamente *Xochiquetzal e a Esquadra da Vingança*[10] [11], de Carla Cristina Pereira, pseudônimo do próprio Lodi-Ribeiro, que conta o que aconteceria caso os portugueses descobrissem o Novo Mundo depois do rei Dom João II de Portugal aceitar a proposta de Cristóvão Colombo. Vasco da Gama teria se casado com uma princesa asteca e o Novo Mundo seria conquistado por Portugal de forma pacífica, anexando

6 *O Vampiro de Nova Holanda* (Caminho, col. Caminho Ficção Científica, nº 187, 1998) e *Outras Histórias* (Caminho, col. Caminho Ficção Científica, nº 179, 1997).

7 *A Traição de Palmares* (Writers, 2000).

8 *Ensaios de História Alternativa* (iniciado em 1997) e disponível em www.scarium.com.br/e-books/sebook3_06_03.html. Esses ensaios discutem os temas da história alternativa e incluem capítulos sobre os dinossauros, o período romano, a peste negra, steampunk, Segunda Guerra Mundial, etc., mas também discorrem sobre temas exclusivamente sul-americanos. Trata-se de uma compilação de artigos que Lodi-Ribeiro escreveu para o fanzine Megalon e outras publicações.

9 Ano Luz (2000).

10 Publicado anteriormente em *Pecar A Sete*, Simetria (1999).

11 Republicado em forma de romance pela Ed. Draco (2009). (N. do E.)

os impérios inca e asteca, enquanto a Espanha mergulharia em uma guerra entre Castela e Aragão.

Lodi-Ribeiro, porém, não é o único ucronista brasileiro: além dele, devemos incluir José J. Veiga, autor do romance *A Casca da Serpente*[12], no qual Antônio Conselheiro sobreviveu à queda do Arraial de Canudos, em 1898; e Ataíde Tartari, autor de *Folha Imperial*[13], conto que mostra a sobrevivência do Império do Brasil até os dias atuais. E há ainda outra antologia, com as histórias da polícia temporal criada por Octavio Aragão, a *Intempol*[14], que abre com um conto no qual a seleção italiana, comandada por Paolo Rossi, não ganhou a Copa do Mundo de 1982, alterando, assim, o resto da história futebolística, tão cara aos brasileiros. Temos ainda outros exemplos de ucronia em língua portuguesa, como *O Xangô de Baker Street*[15], de Jô Soares, que brinca com o mito de Sherlock Holmes, ou *A Verdadeira Invasão dos Marcianos*[16], do autor luso João Barreiros, que revisita Wells.

Finalmente, devo citar aqui o texto teórico de Eduardo Torres, *Paradoxos Temporais Na Ficção Científica*[17].

Percebemos que, pelo visto, o Brasil está se tornando uma ucronia gigante! E este novo romance de Octavio Aragão, com sua miríade de universos paralelos que reconstroem mundos, certamente contribuirá para esse processo.

Eric B. Henriet, Maisons-Alfort

---

12 Bestseller (1989).

13 Em *Somnium nº 65* (dezembro de 1996).

14 Ano Luz (2000).

15 Companhia das Letras (1995).

16 Editorial Presença (2004).

17 Disponível em: http://intemblog.blogspot.com.br/2008/11/temporal-paradoxes-in-science-fiction.html.

REIS DE TODOS OS MUNDOS POSSÍVEIS

Octavio Aragão

PRIMEIRO DIA

I: CUTELOS VERMELHOS, PLANOS SECRETOS E ADOLESCENTES NUAS

Com três coisas no mundo, o homem deve ter cuidado: chuva miúda, mulher sabida e cavalheiro educado
(ditado popular brasileiro)

E ELA GARANTIU que o garoto não daria problemas.

De onde eu estava, só consegui ver quando agarrou a mãe pelo pescoço e arrastou a velha em direção à área em frente à casa. O que fez com ela, assim como o que fez com meu colega, nem perdi tempo em tentar descobrir. O rapaz de seus vinte e poucos anos pesava uns 170 quilos e media quase dois metros.

Se tinha uma coisa com a qual não sabia como lidar era com doentes mentais. Não adiantava. Sempre tive a impressão de que os parentes próximos de pessoas portadoras de determinados tipos de deficiência fingiam não ver certas atitudes, alguns momentos em que o desequilíbrio se tornava uma desculpa para atos de violência. Eu é que não iria perder meu tempo esperando o maluco vir atrás de mim depois de ter feito sei lá o quê com aquelas pessoas lá atrás.

Examinei o ambiente em torno e vi que a saída era pelo alto, atravessando para a casa ao lado por cima de uma parede e jogando as pernas sobre uma mureta que dava acesso à varanda do vizinho. Nada impossível, mas exigia concentração para não desabar que nem um saco de batatas de uma altura de três metros, no mínimo. A queda não me mataria, mas me tornaria alvo fácil pro grandalhão, cujos movimentos eu monitorava ouvindo os passos que ressoavam no soalho.

Pelo visto, procurava por mim naquele momento. Bem que o cenário poderia ter ajudado um pouquinho. Aquela história de ser perseguido por um provável assassino com quase duzentos quilos debaixo de um céu azul de doer não fazia muito sentido estético. Nenhuma sombra expressionista projetada no chão que permitia antecipar os movimentos de meu perseguidor. Logo, assim que o rapaz enfiou a cabeça para fora de uma das janelas, deu comigo encarapitado no muro. Ele não gritou, não faz um ruído sequer, como se esperasse me pegar de surpresa. Apenas piscou nervoso e sumiu da minha vista, que estava ocupada mirando o destino ao fim da travessia daquela ponte improvisada.

Quando atingi o outro lado do muro, o doido reapareceu. O contraste entre o sorriso acastanhado e o cutelo de cozinha que trazia nas mãos vermelhas era ofuscante. Mas o pior era que, apesar da distância, ainda enxergava o inseto esverdeado que saiu de seu ouvido esquerdo.

Domingo. Seis da tarde e já estava escuro na porta do cinema. Que saudades do horário de verão, quando tudo parecia mais claro. Quando se mora na rua ou se passa a maior parte do tempo nela, a noite não é uma companhia da qual a gente sinta falta.

Guilherme estava tremendo de frio, mas não arredaria pé. Em minutos, chegaria o público da próxima sessão, e tinha de vender pelo menos dez exemplares de cada jornal para valer a viagem à Zona Sul. Aquele era dos últimos cinemas que não estavam enclausurados dentro de *shopping center*, e os frequentadores não haviam perdido o hábito de formar a tradicional fila na porta. Os pequenos jornaleiros não podiam perder uma chance daquelas.

– Qual vai ser, patrão?

O homem vestindo um casaco de lã meio puído enfiou a mão no bolso das calças largas e tirou duas moedas de um real. O outro bolso estava estufado, como se guardasse um telefone celular ou uma carteira.

– Me dá o Jotabê, por favor.

O grandão pegou o jornal, dobrou ao meio e nem olhou para a primeira página. Encarou o relógio de pulso e perguntou:

– Guri, quer me fazer um favor? Estou esperando uns amigos e não posso sair daqui, mas preciso me certificar se meu pai já apareceu. Ele é meio cegueta e deve estar me esperando na estação do metrô. Quer dar uma olhada lá pra mim? Fico aqui vigiando seus jornais e ainda te dou uma grana – e apresentou ao menino uma nota de cinquenta. – Meu pai é um velho de cabelos brancos compridos.

O metrô era razoavelmente próximo, e Guilherme pensou que

poderia ir tranquilo, já que a bilheteira do cinema era sua conhecida, e se algum problema acontecesse com os jornais, poderia intervir. Disse "Demorô!", pegou a nota e saiu correndo em direção à estação, olhando para ambos os lados da rua como sua mãe havia ensinado. Se sobreviveu ileso nas ruas do Rio de Janeiro, foi porque sempre prestou o máximo de atenção aos conselhos. Um deles dizia respeito a não receber ordens de estranhos, mas as cinquenta pratas falaram mais alto.

A entrada do metrô estava escura, mas não deserta. Ainda era cedo e muita gente andava pra cima e pra baixo, voltando do trabalho pra casa ou saindo pra se divertir. Não deveria ser difícil achar o velhinho, e Guilherme desceu os degraus da entrada. Viu do outro lado da plataforma um senhor que batia com a descrição. Ao menos, tinha cabelos brancos e longos.

Gritou para chamá-lo, mas foi abafado pelo barulho de um trem. Resolveu correr atrás do velho, que estava prestes a desaparecer detrás de uma pilastra, indo na direção contrária à saída. Diabo de cego!

Com a estação vazia e sem sinal de vigias ou seguranças, Guilherme pulou as roletas e correu atrás do velhinho. Se desse algum galho, sempre poderia dizer que estava ali para fazer uma boa ação e levar o homem ao encontro do filho. Ninguém o impediu. Após a última pilastra, atrás da qual o velho havia desaparecido, estava tudo escuro. Guilherme perdeu o senso de localização.

Demorou uma fração de segundo para se acostumar com o breu, e logo conseguiu vislumbrar um vulto lá longe. "Volto agora pra porta do cinema, que esse velho é maluco ou é fantasma!", pensou o menino com um arrepio, mas, ao voltar-se, não conseguiu enxergar a saída. "Não é possível. Tinha de ter uma luz aqui. Vim de um lugar iluminado."

Então ouviu o som. Era como o barulho que uma pessoa com o nariz entupido faz quando não consegue respirar, mas muito mais alto. Um som molhado.

O que era som ganhou forma. As pequenas antenas balançavam tão próximas de seu rosto que o menino podia sentir o cheiro da baba viscosa do bicho, que empoçava depois de pingar sobre o par de tênis.

O grito não saiu imediatamente. Parecia que estava subindo de elevador, desde o umbigo, passando pelo cavalo chucro que era o coração até desembocar na garganta. Foi um berro demorado, de animal que sabe que vai morrer, mas não tem como evitar. A lesma imensa recuou as antenas, deixando um rastro pegajoso no chão preto. Como a morte não viesse, Guilherme viu o velhinho à sua frente com o bicho nojento enrodilhado nos pés.

– Então mandaram você me seguir, garoto? – disse o velho com voz pausada, mas não isenta de ameaça. – Quem é você?

– Ô moço, foi o seu filho que me mandou aqui chamar o senhor pra ir ao cinema – disse Guilherme ainda engasgado com lágrimas que teimavam em se esconder na garganta. – Chamei, o senhor não ouviu, aí achei melhor vir atrás. Mas já vou embora. Por favor, deixa eu ir embora.

– Para com essa ladainha. O meu amigo aqui não suporta isso – disse, apontando para a lesma. – Com você berrando, o pobre fica assustado.

Depois de uma pausa, o velho acrescentou:

– Meu *filho*, é? Talvez tenha sido mesmo. O humor negro é típico desse pessoal. Imagine, usarem meu próprio filho... Francamente!

Então, como que saindo de um transe, virou-se para o menino:

– Vem, pirralho. Chegou a hora de cumprir seu destino.

A sala era pequena e escura, como convinha àquele tipo de reunião. Sobre a mesa, dois cilindros que pareciam de acrílico.

Nenhum dos presentes gostava da companhia dos outros, mas era necessário que estivessem reunidos. A penumbra evitava que fossem obrigados a se encarar. O cabeludo conhecido como Agente de Deus foi o primeiro a abrir a boca:

– O trovão sobre a terra. A imagem da jovem que se casa. Assim o homem superior toma consciência do transitório. À luz da eternidade do fim.

– O que diabos esse animal quer dizer? – perguntou a voz saída de um aparelho parecido com um rádio transistorizado de modelo antigo. – É sempre a mesma coisa nestas reuniões... Esse sujeito fica aí balbuciando poesias e nunca resolvemos nada. Olha que já estamos em cima da hora, não podemos perder mais tempo.

A terceira figura presente, com cotovelos sobre a mesa e mãos unidas pelas pontas dos dedos, não pôde deixar de sorrir.

– Curiosa essa preocupação com tempo. Isso todos nós temos

de sobra. Nosso amigo disse que, em primeiro lugar, o *trovão* já se encontra sobre a terra. Ou seja, aquele que esperamos chegou. A imagem da jovem que se casa é uma metáfora para uma união perfeita e a perda da inocência. E o homem superior, que toma consciência do transitório à luz da eternidade e do fim, somos nós. Não é isso? Ou errei alguma interpretação?

– Alguém com uma só vista ainda pode ver. A perseverança de uma pessoa solitária é favorável.

– Obrigado. Mas antes que o doutor aqui morra de tédio, acho que precisamos dar andamento aos trabalhos. Quer dizer que o senhor tem certeza que, finalmente, o tão esperado *trovão* está entre nós? Muito bem, é hora de iniciarmos o procedimento de aproximação. Seus enviados estão prontos, doutor?

O rádio zumbiu e logo depois ele despejou:

– Já estamos cansados de esperar, *mein herr*. O senhor mais do que ninguém devia saber que não esquecemos nada e jamais deixamos de cumprir nossas promessas. Quem foi que o resgatou daquela bagunça em Buenos Aires? Sozinho, jamais conseguiria fugir. Logo o senhor, mestre em resgates impossíveis, precisou de nossa ajuda. Suas encomendas estão nesses tubos transparentes.

– Sim, sou-lhes muito grato, doutor – disse o austríaco enquanto guardava um dos cilindros no bolso do paletó, sendo, em seguida, imitado pelo Agente de Deus. – Mas é preciso lembrar que, se não fossem os préstimos do nosso amigo aqui, seus enviados não teriam conseguido os novos meios de transporte e os planos estariam comprometidos. Deixemos as reminiscências de lado, o importante é que seus agentes estão nos pontos-chave e prontos para agir a seu comando. Acertemos então nossos relógios e iniciemos o procedimento para daqui a vinte minutos, combinado? Próxima reunião, ponto fulcral número doze, daqui a dez dias. Se um de nós não comparecer, os outros partem do princípio que a operação foi desbaratada. Caso não nos encontremos no futuro ou no passado, quero que saibam que foi um prazer trabalhar com profissionais tão gabaritados. Até mais ver – e saiu pela porta.

O homúnculo descabelado e a caixa velha permaneceram em silêncio.

Saltar para a casa vizinha não seria difícil. O complicado mesmo seria arrombar a porta com o maluco nos calcanhares. Ideia de jerico do Guimarães a gente ter vindo sem apoio investigar a suspeita de contato interdimensional.

"Ah, é rotineiro. Não é nada sério, não. Passem lá em Nova Iguaçu e façam umas perguntas pra velha antes de saírem pro fim de semana, tá bem? Depois escrevam um relatório simples e deixem na minha mesa na segunda." Deixamos as armas e o equipamento no carro. Afinal, já estávamos com roupas informais, sem aqueles ternos pesadões, só de jeans e camisetas. Olhaí o resultado. Talvez o Moreira não tenha mais nenhum fim de semana.

A sorte é que o gordo era gordo, imenso, e estava com uma dificuldade danada de se equilibrar. Não sabia se segurava o cutelo de cozinha ou se agarrava o topo do muro. Quando eu disse que esses caras eram malucos de conveniência, não estava exagerando. Ele sabia bem que, se caísse, iria se machucar. O desgraçado... E eu lá, sem minha arma. Que alvo fácil pra acertar uma meia dúzia de tecos bem no meio da cabeça e acabar logo com aquilo. Mas nããão... Tinha de ficar fugindo que nem uma mocinha.

O cutelo abriu uma fenda um palmo acima da minha cabeça assim que fechei a porta no nariz do balofo. Sorte que o trinco era bom, porque o mamute se jogou com toda a força contra a madeira e eu quase voei longe com o impacto. Mas aquela barreira não aguentaria muito tempo. Olhei em torno e descobri que estava num quartinho de menina, e a coisa mais ameaçadora que tinha ao alcance das mãos era uma escova de cabelos. Arrastei uma penteadeira de encontro à porta da varanda bem a tempo de evitar o desabamento, e graças a isso, a porta aguentou mais um tranco e pude correr até a saída que dava para o corredor. Saí que nem uma bala e esbarrei com uma moça envolta em uma toalha, com outra enrolada como um turbante em torno dos cabelos. Devia ter uns dezessete anos, mas não perdi muito tempo analisando nada. Agarrei e arrastei a garota. O gordo arrebentou a cômoda e entrou no quarto.

Num rasgo de criatividade, segurei a toalha e empurrei a menina pra longe, nua e rodopiante. Enquanto o troglodita sorridente vinha galopando em minha direção, braço erguido, cutelo no ar, agarrei duas pontas opostas da toalha, girei até que virasse uma corda grossa e, com dois movimentos, fiz um nó bem no meio. Estávamos no corredor do segundo andar de uma casa grande e tinha espaço suficiente pra empregar um ou dois truques. Agora o doido não estava lidando com uma senhora idosa ou um sujeito distraído, mas com um agente treinado e atento, Nível 4 da Intempol, a Polícia Internacional do Tempo.

Um jogo de corpo fez o atacante passar por mim que nem um caminhão sem freio. Permiti que enfiasse a cara numa estante no meio do corredor. Uma chuva de bibelôs despencou, e enlacei seu pescoço com a toalha. Apliquei o garrote com força ao mesmo tempo em que pressionava um dos joelhos entre as omoplatas. Ele, numa demonstração de força impressionante, levantou comigo pendurado às suas costas e corcoveou, tentando me cortar com o cutelo.

Estava fora de seu alcance. Ele acertou uma parede, tirou um naco do corrimão da escada e quase me deslocou um braço com a pressão. Foi quando descobriu que podia usar uma manobra com a qual eu não contava: o desgraçado se jogou com toda a força, de costas, me prensando contra a parede. Uma. Duas. Três vezes. Já estava vendo tudo preto, e nem sinal de cansaço da parte do cavalo. A mocinha tentou se aproximar e falar com o doido. Não consegui entender nada, mas entre um esmagamento e outro, percebi que eles se conheciam. Poderia ter sido uma boa ideia se ela não estivesse vestindo apenas um turbante. O sujeito ficou bem animadinho com a visão e resolveu intensificar os mergulhos.

Quando já estava quase desistindo de pressionar o pescoço do cara, ouvi dois tiros. O gordo cambaleou, soltou um grunhido e caiu de cara no chão, se esvaindo em sangue. Desabei por cima dele e vi o Valladão empunhando uma Terminator 45 fumegante. Eu sorri ainda sem fôlego e, quando abri a boca pra falar uma piada idiota ou um agradecimento, senti alguma coisa peluda e molhada subindo pelo queixo e entrando em contato com a língua.

Em seguida, a mão esquerda do recém-chegado agarrou meu maxilar aberto, enquanto dois dedos com gosto de nicotina desciam pela minha garganta. O que vi antes de vomitar no terno do Valladão era uma lacraia cheia de pernas se contorcendo como uma passista de escola de samba entre suas unhas amarelas.

II: SETE PECADOS, DOIS MÁGICOS E UM DUELO

O MENINO ESTAVA apavorado, mas isso não significava que entraria em estado de choque ou começaria um ataque histérico. Era inteligente demais para isso, e a mistura de vivência nas ruas com o dia a dia da favela era currículo suficiente para intuir que dali não haveria escapatória fácil. Diante dele, um bicho nojento, uma lesma de mais ou menos dois metros de comprimento que ficava se arrastando pelo chão e, algumas vezes, levantava sobre a metade posterior e balançava as antenas como um cachorro farejando o ar.

– A maior parte da minha vida passei tomando conta deste porto seguro, preparando gente como você para enfrentar coisas que não compreendo – continua o velho, ainda falando para si próprio. – Mas, se é quem deve ser, trata-se de alguém muito especial. Espero que o pessoal responsável tenha escolhido certo.

O velho abriu um par de portas com mais de três metros. O menino desviou o olhar diante do brilho de sete estátuas douradas. Sob cada uma delas, podiam-se ler as palavras *orgulho*, *inveja*, *ambição*, ódio, *egoísmo*, *preguiça* e *injustiça.*

– Dizem que esses são os inimigos do homem – e o ancião olha de soslaio para seu pequeno companheiro. – Conversa fiada. Se meu conselho vale de alguma coisa, aceite os sete como seus companheiros, aliados contra o que virá.

– Sem *orgulho*, seus algozes o transformarão num rato, esmagando sua cabeça. *Inveje* aqueles que aparentam ser mais que você, porque o sacrifício deles pelas suas mãos aumentará seu próprio poder. *Ambicione* sempre para que nunca esteja satisfeito com o que conseguiu, e cumpra sua tarefa até o fim, eliminando a todos que se opuserem a você. O ódio é o melhor combustível, pois quando estiver quase derrotado, será dele que virá sua última reserva de força. Seja *egoísta* para sobreviver quando todos acharem que está morto. Descanse antes de agir, e assim, a *preguiça* será sinônimo de sabedoria. E quanto à *injustiça*, apenas mantenha na cabeça que os deuses sempre estão ao lado dos vencedores.

Guilherme não entendeu nada do que o velho falava, mas o cenário, por si só, era impressionante. Quando o homem estendeu a mão, o menino se assustou.

– Acaba de me ocorrer que ainda não nos apresentamos. Meu nome é impronunciável para você, mas pode me chamar de Ême. Como a letra.

O menino apertou a mão e sacudiu, falando com voz ainda trêmula:

– Eu sou Guilherme.

– Não mais – responde o velho, finalmente mostrando os dentes pontudos e afiados como os de uma piranha enquanto ri.

E uma luz estrondosa inundou o ambiente.

– Aceita um café, Comissário? – Harry Houdini ofereceu uma xícara fumegante recém-saída do micro-ondas embutido na parede da cozinha. O visitante levantou a mão, recusando, enquanto procurava uma posição mais confortável no sofá de espuma sintética.

– Não, obrigado. Tenho andado tanto com brasileiros que desacostumei do velho café norte-americano. Acho muito fraco.

O homem pequeno, magro, cabelos acinzentados, acomodou-se em frente ao comissário, segurando a xícara com ambas as mãos. Seus gestos eram comedidos, lentos, como se tudo na vida fosse pré-ordenado. O comissário Piper avaliou a decoração austera com a qual o prisioneiro compôs a cela. Muitas vezes, os homens-que-nunca-existiram exageravam, tentavam disfarçar o fato de estarem presos transformando suas celas em lares aconchegantes. Alguns, como aquele músico Miller, exigiam móveis de época, e outros, como um político brasileiro – demonstrando talentos insuspeitos –, pediam tintas e telas.

Harry Houdini, porém, não se permitia luxos. Sabia que era um prisioneiro e já havia deixado claro seu descontentamento quando escapou sozinho por duas vezes e com relativa facilidade da Prisão.

"Foi um *Deus-nos-acuda*", pensou o comissário Piper, sorrindo para si próprio. "Esse homenzinho, sem ajuda de ninguém, botou a Empresa inteira de pernas pro ar, criou duas realidades alternativas e três linhas temporais secundárias. Demorou para botarmos a mão nele e repararmos os danos e a Linha Temporal Oficial depois da segunda escapada. Tenho certeza que, se não fugiu outras vezes, foi porque não quis."

A Prisão dos Homens-que-Nunca-Existiram é o depósito de pessoas indesejáveis da Intempol. Tradicionalmente, eram enviados à Prisão apenas os cronoterroristas, criminosos que procuravam alterar a história para lucro pessoal, intervindo com os objetivos da Empresa, que era como os funcionários se referiam à Polícia Internacional do Tempo. A verdade era que a Intempol usava a Prisão para, além de punir cronoterroristas, também para retirar de cena pessoas que jamais alteraram a história, mas foram, de uma forma ou de outra, empecilhos para a realização de certos planos bastante sérios ou lucrativos.

– O que deseja, comissário? – perguntou Houdini, bebericando o café. – Não me parece possível que o senhor tenha tempo de visitar os prisioneiros deste lugar, a respeito do qual insistem em dizer que se trata de uma "prisão atemporal".

– Ainda não aceita a realidade, Harry? Você foi transferido para uma prisão atemporal, sim senhor, fora do espaço-tempo. Forjamos sua morte após aquele duelo ridículo com o lutador de rua... Qual era o nome dele mesmo? Já não me lembro. Se você não fosse retirado da Linha Temporal Oficial naquela época, acabaria desmascarando alguns de nossos agentes Nível 4 infiltrados, e isso seria intolerável. Demos um jeito em você da forma mais limpa possível. E cá entre nós, funcionou. Se tem uma coisa da qual me orgulho é do braço da Intempol da Costa-Oeste. Que diferença! Trabalhar com os brasileiros me deixa tonto, mas isso é outra história. O fato é que você *está* numa prisão atemporal.

– Conversa fiada – disse Houdini. – Isso é tão impossível quanto os espiritualistas charlatães que cansei de desmascarar durante minha carreira. Não sei ainda que tipo de vantagem os senhores levam montando essa farsa, mas tenho certeza de que tudo não passa de um grande, imenso truque de espelhos. Podem enganar quaisquer tolos ignorantes, mas não a mim – e apontando para o micro-ondas, acrescentou: – Se aqui é um "limbo atemporal", por que o relógio daquela máquina funciona? Por que envelheço normalmente? Como é possível que o próprio tempo seja efetivamente mensurável? Não, comissário. Estamos ambos no mundo real e nada me convence do oposto.

Piper suspirou. Sabia que um sujeito como Houdini só seria convencido dos fatos à custa de sua sanidade, e para a missão que o esperava, precisava do homem em absoluto controle de suas excepcionais faculdades mentais e físicas.

– Tem razão num ponto, Harry. Não vim aqui fazer uma visita social, mas um convite para uma festa onde as chances de sobrevivência são mínimas e cujos convidados são pessoas inescrupulosas, extremamente cruéis.

Houdini terminou o café, pousou a xícara e disse:

– Parece divertido.

– Pode me dizer por que demorou tanto pra alguém aparecer? – digo ao Valladão assim que uma contagem superficial comprova que tenho todos os dentes e costelas no lugar.

– Não demorei. Cheguei na hora certa, dois minutos antes do horário que você mesmo vai me dar daqui a pouco, quando voltar pra central. O problema é que, como estará mais tranquilo e cheio de analgésicos – olha, toma esse comprimido pra aliviar a dor –, vai esquecer de me dizer que mudou de uma casa pra outra. Ou seja, o endereço que terei em mãos é o da casa ao lado, e até descobrir onde você se enfiou, terei de passar pelo corpo do Moreira e da mulher, seguir a trilha deixada pelo gordo, chegar ao muro, voltar e entrar aqui pelos fundos para surpreender o doidão. Por isso eu demorei.

– Sei. E por que o senhor não caminhou sobre o muro como eu fiz? Seria bem mais rápido.

– Sofro de vertigens – diz Valladão, finalmente se dando conta que havia uma adolescente nua no mesmo ambiente. – Ah, sim. É você. Faz uma coisa, minha filha, entra no que restou do seu quarto e pega o vestido florido de alcinhas que lhe cai muito bem. Certo? – a menina sai correndo em direção ao aposento, tentando se cobrir com as mãos.

Um pouco aturdido, perguntei:

– Como é? Você conhece essa menina aí? Não vai me dizer que eu vou levar ela pra central...

Valladão sorriu enquanto guardava no bolso do paletó sujo de vômito um saco plástico dentro do qual estava a lacraia. Em seguida, retirou um quadrado de acrílico transparente de outro bolso, dessa vez nas calças largas.

– Você vai levar essa menina pra muitos outros lugares, ou vice-versa. Agora talvez queira saber por que demorei mais tempo com o corpo do Moreira – e joga a caixa em minha direção. Num ato reflexo, a agarro.

– Isso aí é o segundo disco de Robert Johnson, gravação pirata em MP300, proveniente da Linha Alternativa Proibida número 10. Estava no bolso do seu parceiro.

– Quem? O quê? Quem é Robert Johnson?

Valladão despiu o casaco com cuidado para não esmagar acidentalmente o inseto e, enquanto depositava o paletó sujo sobre o corrimão da escada, continou a falar sem olhar diretamente pro meu rosto:

– Johnson foi um dos pais do *blues* na nossa Linha Temporal e, por acaso, meu amigo. Gravou apenas vinte e nove músicas em um total de quarenta faixas, em duas sessões de gravação em San Antonio, Texas, em novembro de 1936, e em Dallas, Texas, em junho de 1937. Morreu sob circunstâncias misteriosas até mesmo para nós. O Moreira estava no esquema de contrabando de CDs alternativos. Está cansado de saber que, em algumas LTs, Elis Regina viveu até 1995 e gravou mais uma dezena de discos, né? Aconteceu a mesma coisa com Robert. Há LTs em que ele chegou a gravar duetos com B. B. King. Por isso estou na cola de vocês faz tempo, tinha de ter certeza que o maluco de hoje iria tirar o Moreira de campo sem eu ter de sujar as mãos. Corre, vai, que você tem de voltar à Central e me avisar para vir aqui te salvar. E, sim, tem de levar a moça até lá, porque, afinal de contas, agora ela é uma pessoa que nunca existiu.

– Como é que é? Por quê, coitada? Ela não fez nada.

– Ela não fez nada, com certeza. Mas você fez. Na história oficial, ela morreu pelas mãos do maluco.

– Porra, Valladão! – digo enquanto me levanto do chão encharcado de sangue do gordo. – Se é assim, sou eu quem deveria ir em cana, não ela. Você sabe mais sobre o que está acontecendo do que parece, né?

– Rapaz, você vai ficar surpreso. Só te adianto uma coisa: o contato interdimensional que captamos nesta área foi esta coisinha aqui. – diz, batendo no bolso do paletó pendurado.

– Trata-se de um yithiano, um daqueles alienígenas malucos que teimam em repetir que vão dominar a Terra daqui a alguns milhares de anos. Nós sempre nos demos bem com eles porque os palhaços acreditam que vão dominar o futuro e que o destino já está traçado. Logo, pra que encheriam o nosso saco se a vitória é certa?

Diante de minha cara de besta, Valladão se recostou na parede enquanto pegava fôlego:

– Mas esse aqui é parte de um time de renegados que quer antecipar a conquista. Eles projetam a própria consciência para dentro desses bichinhos, que rastejam até encontrar um ser humano retardado ou cansado demais para resistir ao controle mental – apontando distraidamente pra mim enquanto acende um cigarro, acrescenta: – Sinceramente, não sei a qual dos grupos você pertence.

Comecei o difícil ritual de levantar do chão. Valladão não mexia um músculo pra me ajudar.

– Segura a garota e vai pra central que eu vou te contar o resto lá, certo? Peguei tua caixa registradora e teu cartão cronal no carro. Toma, vê se não tira mais isso do bolso. Não se preocupe comigo que volto de táxi. Odeio dirigir no trânsito do Rio nesta época. Parecem todos uns loucos. E lembre de uma coisa muito séria: você não vai em cana porque eu não vou fazer um relatório sobre esta bagunça aqui, mas isso significa que você tem um débito comigo, entendeu? Quando eu precisar, você corre em meu auxílio. Uma mão lava a outra e nós cuidamos de nós mesmos. Estamos conversados?

Não havia como discordar daquele tom de voz. Agarrei a tralha, bati no umbral da porta do quarto e entrei. Pela primeira vez olhei a moça direito e não me arrependi. O Valladão estava certo: o vestido era uma maravilha. Não, ela era uma maravilha. Curioso como esteve pelada na minha frente e não prestei muita atenção.

– Vamos? – pergunto enquanto mostro a minha carteira falsa da Polícia Federal. – Preciso levar você pra prestar um depoimento. Meu colega fala com seus pais quando eles voltarem.

Ela levantou um dos cantos da boca e respondeu, sem afobamento:

– Não precisa mentir pra mim. Eu vou com você mesmo sabendo que não são polícia coisa nenhuma. Conheço meganha de longe – e vendo que eu fiquei um pouco constrangido por ter sido pego de calças curtas, ela continua: – Deixa disso, cara. Tá tudo bem. Meus pais não vão sentir minha falta mesmo. Vão ficar doidos quando virem o estado da casa, mas vão pensar que eu já havia saído pra matinê do baile. Afinal, hoje é sexta-feira.

E sorrindo, pediu licença ao Valladão, esticou a perna, passou por cima do cadáver do gordo com cuidado para não sujar os sapatos de sangue e saiu pela porta da frente da casa.

III: O HOMEM DA CICATRIZ, O AGENTE DE DEUS E OS FANTASMAS DE ONTEM

O AUSTRÍACO ERA um estrategista nato. Apesar de detestar o Rio de Janeiro dos anos 1970 e preferir Buenos Aires, 1950, sabia que uma ditadura militar era o ambiente perfeito para um ex-oficial nazista se esconder. O anel em forma de cobra engolindo o próprio rabo incomodava o dedo da mão esquerda, mas jamais o retirava. "Nunca dê uma chance ao azar", era o que dizia Rommel. Aliás, se havia alguém de quem Otto Skorzeny sentia saudades, era do velho general. O único dotado de visão dentro do hospício que era o Estado Maior de Hitler. Apesar disso, a Raposa do Deserto idealizou aquele plano idiota para explodir a mesa do *führer*. Se ele, Otto, tivesse participado, Hitler estaria reduzido a pó bem antes do fim da guerra.

Falando neles... Era necessário adiantar a parte do trabalho que lhe dizia respeito e plantar o inseto na sala do alvo número dois. Conforme o plano, vestiu a roupa correta, pegou a documentação e a aparelhagem, dirigiu o velho Mustang 68 até o centro da cidade. Quarenta minutos depois, estacionou em frente à portaria do Edifício nº 1 da Avenida Rio Branco, pegou um jornal no banco do carona e saiu do carro envergando o terno preto impecável. Ao apresentar à moça da recepção a carteira onde guardava o cartão cronal, manteve o sorriso no rosto bem escanhoado que apenas a cicatriz sobre a bochecha direita estragava. Os soldadinhos americanos, ignorantes e incapazes de pronunciar seu sobrenome, costumavam chamá-lo pelo apelido de "Scarface", comparando-o a um gangster de Hollywood. Nada a ver. Skorzeny era muito mais perigoso que qualquer bandidinho malnascido e de quinta categoria. A maquiagem à base de látex atenuava a deformidade e ele se sentia seguro dentro da identidade de agente de campo Nível 4.

A recepcionista – que atendia pelo nome de Olga Maria Pires, segundo seus informes – respondeu ao sorriso sem desconfiar de nada, como previsto. Recepcionistas e secretárias são agentes Nível 1 que, na maioria das vezes, nem fazem ideia que trabalham para a Intempol, a Polícia Internacional do Tempo. A dificuldade viria agora, ao entrar no elevador. O ascensorista devia ser uma peça importante no esquema geral das coisas, porque os yithianos tiveram muita dificuldade em descobrir dados a respeito do velho negro conhecido como Sebastião. Se havia uma verdade no mundo da espionagem, era que as pessoas realmente ricas, importantes ou poderosas quase nunca eram visíveis. Pouquíssima gente sabe quem são os dez sujeitos mais ricos de um país. Nem eles mesmos sabem a respeito uns dos outros. E quando um "invisível" é um simples ascensorista, é sinal que as coisas são mais complicadas do que aparentam.

– 'Tarde – disse o velho assim que Otto entrou no elevador.

– Boa tarde, Tião – respondeu Otto, o sotaque carioca entoado à perfeição. – Quarto andar, por favor.

Tião não disse nada. Apertou o botão e o elevador subiu. Parou no terceiro andar e um casal entrou. A moça era pequenina, morena, muito jovem, com traços que remetiam ao Nordeste brasileiro, portando um crachá de visitante no vestido estampado que realçava as curvas das ancas e os seios pequenos. O rapaz, no fim da casa dos vinte anos, cabelos negros desgrenhados, estava de jeans e camiseta, suja por manchas acastanhadas que, com sua vasta experiência, Otto reconhecia como sangue coagulado. Com um golpe de vista, percebeu que o sangue não era do rapaz e que, pela cor dos hematomas no rosto e nos braços, ele acabara de sair de uma luta muito séria. Olhando melhor, quase se assustou. Reconheceu o moço e percebeu, surpreso, que sabia o que aconteceria com ele nas próximas duas horas. O ascensorista quebrou o silêncio do ambiente:

– Ei, menino, ainda não se trocou, não? Quer ganhar uma advertência por ficar perambulando pela Empresa vestido desse jeito? Vai logo cuidar dessas feridas e botar uma roupa decente que nem o moço aqui – disse, apontando com o polegar para Otto.

– Tá subindo, é, Tião? Putz! Eu quero ir para o segundo andar exatamente pra tomar uma ducha e trocar de roupa. Bom, você vai subir até que altura?

Tião olhou por sobre o ombro em direção a Otto, no fundo da cabine, que fingia ler o jornal.

– Vamos até o quinto, depois voltamos – o elevador parou suavemente e a porta deslizou, deixando antever um corredor branco.

– Quarto andar.

O austríaco passou entre o casal com um pedido de desculpas e agradeceu a Tião.

– Não há de quê – disse o velho por entre as portas que se fechavam. Otto intuiu que não tinha mais tempo: havia sido identificado. Não sabia como nem porque, mas aconteceu, e em se tratando da Intempol, era espantoso que não houvesse agentes armados esperando por ele na saída do elevador. Talvez fosse a velha sorte funcionando outra vez. Tinha de levar a missão a cabo de qualquer maneira e correu em direção à porta da sala 510 enquanto enfiava a mão no bolso e retirava o tubo que continha a lacraia. A sirene berrava quando entrou na sala às escuras do comissário Piper. Fechando a porta atrás de si, a luz acendeu e ouviu a voz:

– Mãos pra cima, Skorzeny! – era Piper apontando uma Terminator direto pra sua cabeça e acompanhado por um homenzinho grisalho.

O que aconteceu em seguida foi muito rápido. Otto desviou da frente da arma, segurou o pulso de Piper e girou o braço do comissário até que este empunhasse a Terminator para seu próprio abdômen, mas no momento em que o austríaco iria fuzilar o adversário à queima-roupa, o diminuto parceiro de Piper inseriu o dedo indicador entre o gatilho e a alça da arma, impedindo seu acionamento. Em seguida, um chute fortíssimo atingiu Skorzeny no meio das pernas, fazendo-o curvar-se de dor. Com as mãos segurando a virilha, o ex-oficial nazista pressionou o anel em forma de cobra e, antes que Piper ou Houdini pudessem fazer alguma coisa, desapareceu enquanto a porta da sala estremecia graças aos empurrões e trompaços impostos pelos agentes que responderam ao alarme.

– Então esse é o homem de quem me falou, comissário? Não parece grande coisa.

– Porra, Harry, ele invadiu a empresa sozinho como se fôssemos amadores! Se não é um perigo, não sei quem pode ser – retrucou Piper, massageando o pulso enquanto a sala se entupia de agentes. – Essa segurança é uma piada.

– Parece óbvio que ele teve ajuda interna – disse Houdini, analisando o ambiente. – Ou então, realmente esses brasileiros são uns desorganizados.

– Ah, disso eu tenho certeza – resmungou o comissário enquanto um de seus subordinados saía da sala carregando sem saber um yithiano, uma lacraia verde no bolso do paletó.

O homem de neandertal sabia o que fazer: tinha de invadir a sede da Intempol e eliminar o Messias.

Sem ele, os homo sapiens perderiam sua principal arma, e outra civilização poderia dominar as linhas temporais. Seus aliados alienígenas foram diligentes e conseguiram informações sobre o departamento inacessível do inimigo, aquele que lida com as forças primordiais do cosmo, misturando cronotecnologia a arremedos de alquimia.

O Departamento M da Intempol teria de cair pelas mãos de Dualai, o agente neandertal que passou cinco anos se preparando para esse momento, estudando a tecnologia temporal de dois mundos. Com o conhecimento acumulado da manipulação da física quântica deste universo e a ciência oculta de seus antepassados, Dualai havia atingido o ápice de sua capacidade de ataque. Seu anel de teletransporte temporal quântico, na forma de uma cobra engolindo o próprio rabo, era mais prático, mais leve e mais rápido que a aparelhagem tradicional dos inimigos, o cartão cronal e a caixa registradora. Girando o anel para a esquerda, o usuário viajava para o passado; para a direita, o futuro.

O primeiro adversário – o agente da Intempol que servia de segurança da entrada do sobrado na Rua do Catete – caiu depois de uma vigília cuidadosa que custou dois dias ao neandertal, e em seguida, um duelo de quatro horas no meio da rua, em pleno dia, sem que nenhum dos combatentes movesse um músculo.

Foi um jogo de xadrez. Dualai penetrou nas defesas mentais do adversário e provocou um surto psicótico, forçando a mente a um *loop déjà-vu*, onde um segundo se repetia eternamente na memória. O homem desmaiou, escorregou na calçada, espumando pela boca. Os transeuntes demoraram a tomar alguma atitude, até que alguém começou a tratar do inconsciente como se estivesse diante de um caso de epilepsia. O neandertal, após desativar o vigia, adentrou o Porto Seguro especial, a portaria da sede do Departamento M. "M" como a inicial de "mágica"...

As defesas etéreas foram pressentidas e desativadas uma a uma, deixando os véus de irrealidade que envolviam o saguão perceptíveis para a vista do sabotador. O ambiente era escuro, mas os fios luminosos, que funcionavam como campainhas de alarme, tornaram-se visíveis como raios laser num show de rock. Dualai conseguia desviar deles como uma ratazana que invade um galinheiro.

As entidades de baixa vibração vieram em seguida. Resquícios de agentes temporais mortos em trânsito, esmagados entre um décimo de segundo e outro, cujas essências incorpóreas – ou seja, os padrões mentais – foram retiradas do *continuum* e armazenadas pela Intempol como "cães de guarda psíquicos", vampiros energéticos, que segundo algumas religiões, habitam os abismos do plano astral e consomem a vitalidade das almas que se perdem no caos. Em segundos, Dualai conjurou uma defesa e, através de uma descarga bioelétrica positiva retirada das baterias de seu anel, dissolveu os espectros.

Foi quando sentiu os impactos. Os dois furos sangrentos que apareceram em seu abdômen o fizeram recuar três passos e dobrar ao meio de dor. Eram ferimentos à bala, mas nenhuma arma havia sido disparada. Sem entender muito bem o que estava acontecendo e sem tempo para pensar a respeito, recitou um mantra para canalizar a dor e ajudar a estancar o sangue. Os ferimentos eram sérios, mas seu treinamento permitia que ele sublevasse tanto o sofrimento quanto os danos físicos até que a missão fosse completada.

Enquanto isso, num bolso interno de seu paletó, uma lacraia aguardava o momento de acordar.

Cansado e suando frio, mas com uma vaga sensação de triunfo, o neandertal adentrou uma caverna, um buraco sob o soalho do prédio decrépito. Depois que o hominídeo percorreu cerca de três quilômetros, os pequenos demônios apareceram. Exus e diabretes oriundos das mitologias africanas e indígenas, saídos do inconsciente coletivo brasileiro, atacaram em massa. Foi necessária muita concentração para que Dualai não sucumbisse ao encanto dos Curupiras e se perdesse para sempre no emaranhado de corredores paralelos e transversais que costuram o subsolo da cidade; não enlouquecesse à visão da serpente de fogo que, contrariando as leis da biologia e da física, cuspia chamas por uma boca que existia sem estar presente; ou não tentasse o suicídio depois do encontro com o demônio negro e manco que procurava morder seu pescoço. Eram dezenas, centenas.

Dualai teve de pedir reforços a seu Deus e acionar o canal que o transformava por direito num agente do Altíssimo, o Filho Único, depositando nele a energia de todo um Universo que poderia ter sido, mas que foi afogado no nascedouro. Foi com a radiância da Presença que os demônios se afastaram, correndo em um frenesi atabalhoado. Dualai estava feliz: depois da última criatura se afastar, seu povo caminhava outra vez, representado por seu último mandatário. Com tanta energia, não haveria inimigo que não se curvasse, não existiria empecilho à restauração do correto, do passado que seria presente.

Quando a luz banhou o recinto, fez-se a sombra atrás de um indivíduo. Alguém que estava parado contra a parede, em silêncio, aguardando o desfecho da batalha sombria contra os demônios inferiores.

– Não nos apresentamos, cara – disse o homem de nariz fino, símio ereto, desprovido de pelos e boas maneiras. A voz rouca e amplificada pelos muros de calcário ribombava, machucando os ouvidos superdesenvolvidos de Dualai. – Muito prazer. Sabe, temos mais coisas em comum do que pode parecer à primeira vista. Ambos somos estrangeiros neste país de doidos.

E enquanto carregava lentamente duas imensas pistolas, continuou com voz insuportável:

– Pode me chamar de Lacroix. James Lacroix.

– Ela não vai pra prisão nenhuma – eu disse enquanto ajeitava o nó da gravata. Já era noite e eu havia me conformando que, além de perder um fim de semana normal, provavelmente ficaria de plantão. O corno do Guimarães até já tinha ido embora. E eu lá. É o que dá...

– Ou ela ou você – disse Valladão. – Olha, a situação não está pra peixe, não! Você está no meio de uma embrulhada, tá legal? Pelo que eu sei, as coisas estão no seguinte pé: você e o Moreira impediram uma parte de um plano muito maior quando interceptaram aquele débil mental. Sabe quem é aquela família? É o pessoal do governador do estado da Guanabara. O sujeito tem o hábito de passar um fim de semana de cada mês enfiado naquela casa junto com a parentada, e é até padrinho do gordão. O bichinho estava programado pra sair da cabeça do maluco onde estava escondido e se enfiar pelo cérebro do governador quando ele estivesse dormindo.

– Grande coisa. Quem é o governador do Rio em 1974? Já nem lembro mais! E o que o governador de uma cidade como esta tem a ver com a dominação da realidade?

– Tem tudo a ver – disse Valladão, apagando o toco do cigarro no cinzeiro já entupido. –, já que, além de governador, o cara é um de nossos superintendentes Nível 5.

– É mesmo? Quem é?

– Não vou citar nomes. Vê se faz seu dever de casa e estuda a LT oficial, rapaz. Pelo que pude entender, três figuras-chave da nossa gerência estão sendo caçadas por agentes infiltrados dos yithianos. E, imagine, você quase foi um inocente útil. Se o bicho conseguisse entrar dentro da sua cabeça... Danou-se! Eu teria de matar você. O processo é irreversível. Ele invadiria a empresa através do teu corpo e, uma vez aqui dentro, procuraria a vítima.

– Estou muito desconfiado disso tudo. Se o Valladão sabe tanto, porque me mandaram às cegas?

– Você tá duvidando, né? – retruca Valladão antes mesmo de eu formular alguma pergunta. – Pode duvidar. Isso não muda os fatos: a garota dança cedo ou tarde. Claro que isso não impede que vocês... – e sorriu.

– Escuta, cara, você não deveria estar na sua sala pra que eu possa ir avisar o que aconteceu? Já nem lembro muito bem do horário daquela bagunça. Vamos parar com o bláblábla que temos muito o que fazer. Se a empresa está correndo risco de mais uma invasão, a gente não pode ficar aqui parado de bate-boca.

– É verdade – responde Valladão sem muito entusiasmo. – É exatamente por isso que estou aqui, na sala do Guimarães. Neste momento, meu "eu" do passado está na minha sala, e você vai pra lá agora. Anda, chispa!

Subi o corredor, entrei na sala do Valladão e contei tudo o que tinha acontecido. Como já estava meio sonado, devo ter esquecido alguns detalhes superficiais, mas nada que viesse a atrapalhar o bom andamento do trabalho. Voltei ao corredor e desci pelas escadas até o segundo andar, em direção ao departamento de pesquisa, onde tinha deixado a guria. Nem por um decreto eu largaria aquela menina pagando por algum engano que eu ou qualquer outro agente tivesse cometido. Abri a porta com um safanão e quase derrubei o Winston S.

– Cadê a guria que tava comigo, Win? Eu a deixei aqui enquanto ia trocar uns curativos.

Win é um sujeito meio descarnado, magrelo, com cabelo cor de palha e que não ri nunca. A piada que se contava na empresa era que ele provavelmente vinha de uma realidade alternativa totalitária, onde gente com senso de humor é condenada à morte. Ainda assim, apesar da secura, era um baita profissional. Sua especialidade era reescrever jornais, fazendo com que todas as notícias batessem com os fatos constantemente rearranjados na Linha Temporal Oficial. Era um trabalho meio sujo, mas pra ser agente da empresa, ser "meio sujo" é pré-requisito.

– Seu amigo grandalhão a levou – disse Win sem levantar os olhos da pilha de jornais que carregava.

– Que amigo grandalhão? Dá pra ser mais específico?

Péssima pergunta a se fazer a um agente da Intempol especializado em pesquisa. Em dois segundos, ganhei uma descrição detalhadíssima do corte de cabelo à escovinha do austríaco, mas nenhum dado realmente útil. Quando me preparava para mandar Win calar a boca, a sirene tocou.

Alerta vermelho. Todos na sala olharam para o quadro luminoso na parede, com a planta do prédio iluminada por várias pequenas lâmpadas cujas luzinhas apontavam como uma seta para o Setor A do quarto andar. Das duas, uma: ou alguém estava tentando fugir da Prisão, ou pior... Alguém estava tentando entrar. Terminator em punho, lá fui eu. A esperança do fim de semana morta e enterrada.

Dobrei a primeira esquina, seguindo o fluxo de operativos em direção à escada. O elevador estava fechado, como convinha em situações de provável invasão, e o mar de ternos pretos desaguava no terceiro andar. Gente demais. Quando todos chegamos à porta do comissário Piper, mal conseguimos nos entender. Foi um festival de canos de Terminator, todos apontados para a mesma porta. Se algum idiota atirasse, muito provavelmente começaria uma chacina entre nós mesmos. Graças a Deus, o comissário apareceu do outro lado.

Fui um dos caras que adentraram à sala, e vi que, além do comissário Piper, havia um baixinho de cabelos cinzentos. Falavam em inglês sobre alguém que, pelo que entendi, estivera dentro da sala com eles.

– Então aquele é o homem a respeito de quem me falou, comissário? – disse o baixote. – Não parece grande coisa.

Ao contrário de Win, Piper era engraçado, meio desengonçado, alto demais. O povo gostava de falar coisas a respeito dele e da mulher, Clarisse, que teriam sido relocados para o braço brasileiro da empresa por conta de algum escândalo. Corria que o velho Antônio Fraga, comissário de longa data, havia, como posso dizer, comido a mulher do gringo, e o pessoal da chefia, antecipando uma encrenca maior, tacou uns panos quentes no caso, botando os três para trabalharem juntos. Na minha opinião, isso correspondia a apagar fogo com gasolina, mas, claro, eu não tinha nada a ver com isso. Se o cara quisesse ser corno, que fosse um corno feliz.

– Porra, ele invadiu a empresa sozinho como se fôssemos uns amadores! Se não é um perigo, não sei quem pode ser. – responde Piper para o pequenino. – Essa segurança é uma piada.

O outro retruca sem dar nenhuma atenção a nós, agentes. É como se não existíssemos.

– Parece óbvio que ele teve ajuda interna. Ou então, realmente esses brasileiros são uns desorganizados.

Aquilo me deixou danado. Ah, é? Quer dizer que nós éramos desorganizados, né? Pois que aqueles gringos de merda se virassem sozinhos. Dei as costas aos dois e saí da sala sem dizer palavra, ainda ouvindo a última frase do Piper:

– Ah, disso eu tenho certeza.

Que se fodam! Eu ia catar a guria e sair de lá o quanto antes. A debandada de agentes foi geral, cada um para seu posto de origem. Voltei à escada junto com outros caras, mas não consigui chegar ao objetivo. Um cano pressionando as costelas mudou meu trajeto, e se não era a primeira, estava longe de ser a última das sensações desagradáveis da noite.

SEGUNDO DIA

IV: BALAS PERDIDAS, PLANOS REFEITOS E BELAS MULHERES

– ENGOLE CRONOBALA, otário!

James Lacroix gritou enquanto apertava os gatilhos quatro vezes, e Dualai pôde ver os lampejos saídos dos canos, mas já havia torcido para a esquerda com força o anel em seu dedo médio.

O mundo entrou em câmera lenta. Um borrão cinza/marrom girando no sentido anti-horário, onde o foco eram os projéteis parados no ar. Dualai esticou o braço com um esforço enorme e já sentia o sangue escorrendo pelo nariz e pelas feridas antigas, devido à pressão e à concentração para manter-se em foco. Movimentar-se no "entretempo" (o espaço entre um milionésimo de segundo e outro) cobrava um preço ao usuário do anel de salto quântico, e o problema era que as cronobalas não estavam direcionadas a um alvo fixo numa coordenada espaço-temporal, mas sim às suas projeções pretéritas. Uma vez travadas no objetivo, elas faziam uma viagem dimensional ao passado imediato da vítima, acertando-a antes mesmo de sair do cano da arma. O truque era viajar na mesma sincronia das balas e tentar interceptá-las em pleno voo para o passado.

O resultado da estratégia era óbvio: Dualai conseguiu recolher dois dos quatro projéteis, queimando as mãos ao entrar em contato com suas superfícies superaquecidas, mas dois deles escaparam, desaparecendo no fluxo temporal em direção ao passado. Foram essas balas que o atingiram durante a luta com os demônios.

Esgotado quase ao limite de suas forças, o último neandertal largou as cronobalas e virou o anel para a direita, fazendo o cenário parar de rodar. Sangrando e estatelado no chão, a radiância divina reduzida a um mero brilho, ainda conseguiu distinguir com visão turva a aproximação do adversário sapiens e sorriu.

– A gente sabia que você não estaria preparado pra tecnologia não arcana, por isso eu fui chamado – disse Lacroix, o melhor agente do Departamento M, guardando as armas. – Agora, acabou.

– A perseverança é favorável. É aconselhável ter aonde ir – disse o homem peludo fechando os olhos.

Lacroix levantou as sobrancelhas em dúvida enquanto o hominídeo desmaiava à sua frente. Mal formulou um pensamento e foi atingido com muita força no rosto por um punho descomunal.

– Quê? – gaguejou com o supercílio aberto, o rosto coberto de sangue, encarando outro Dualai em plena forma, que tinha surgido das sombras do corredor numa velocidade impossível.

Dualai enviou a si próprio ao passado para servir de abre-alas para a sua versão anterior, lançando mão de um raciocínio estratégico típico de lógica temporal: se você consegue ultrapassar são e salvo um local que deveria estar cheio de armadilhas, é sinal que alguém esteve lá antes e desarmou ou enfrentou todos os problemas. Além disso, se você sabe que ninguém além de si próprio teria motivo para passar por ali, é claro que seu antecessor só pode ser uma pessoa... você mesmo, enviado ao passado depois de realizar a tarefa.

A sucessão de golpes foi tão rápida que Lacroix, mesmo desacordado, continuou de pé, recebendo uma chuva incessante de murros, chutes e cuteladas fortíssimas por todo o corpo. Dualai era um borrão, atingindo o adversário em frações de tempo encurtadas ou expandidas graças ao girar constante do anel quântico, para a direita e para a esquerda, adiantando e retrocedendo, passado e futuro, em intervalos irregulares. Mesmo acostumado às viagens temporais, um cérebro humano não tem condições biológicas de reagir a tal ataque, e Lacroix não tinha opção, pois já havia perdido o confronto antes de tê-lo começado.

O melhor agente do Departamento M, veterano de diversos confrontos, desabou inconsciente ao lado do corpo do primeiro Dualai.

Ao ver o estado de seu duplo, o neandertal tratou de cuidar dos ferimentos. Estancou o sangue dos ferimentos à bala e se preparou para retirar o corpanzil dali através de teleporte. Pegou seu próprio anel quântico, girou-o programando um destino e trocou com a joia do Dualai desacordado. Imediatamente, a criatura desgrenhada desapareceu, rumo a um local onde seria tratada pelos cúmplices. Uma vez tendo feito isso, o invasor prosseguiu, tateando o corredor de rocha até chegar aos portões de cinco metros, atrás dos quais estavam as estátuas dos sete pecados do homem: a sala de Ême, seu objetivo primordial. O homem que veio assassinar.

Claro que, quem estivesse ali, sabia de sua presença e não se renderia fácil. Afinal, conforme seus informantes, o enviado já estava entre os vivos, devidamente ressuscitado de nenhures. Seria a última resistência. Se demônios, agentes especiais, alta magia e tecnologia extradimensional não conseguiram detê-lo, não perderiam mais tempo precioso enviando buchas de canhão. Agora era o desafio supremo, e Dualai estava preparado para qualquer coisa, menos para o que veio a seu encontro.

Os passos decididos de um menino de aproximadamente onze anos ecoavam pelo salão de pedra, e sua sombra deslizava pela superfície dos gárgulas pecaminosos.

– Moço – disse o menino enquanto se aproximava, a voz parecendo um ribombar agudo –, pediram pra explicar ao senhor que vou ter de impedir seu avanço.

Em torno dos pés do garoto, enroscava-se uma lesma de aproximadamente dois metros de comprimento, as antenas balouçantes, deixando um rastro de gosma brilhante no chão polido. Dualai trincou os dentes e exalou, emitindo um assobio. Este era o adversário, aquele que era dois, o verdadeiro exterminador de sua raça. Um menino. Um monstro. Um panteão.

Esboçou uma frase:

– Não sou eu quem procura o jovem insensato...

E o garoto vestido de trapos com a lesma aos pés completou:

– Para fazer com que o insensato se desenvolva, é favorável aplicar a disciplina.

Deve-se remover os grilhões. Continuar assim traz humilhação.

O neandertal estreitou os olhos. O rapaz foi bem treinado. Não era de se espantar. Tempo, ali, era infinito. Continuou o teste:

– É favorável aplicar a disciplina afim de enfatizar a Lei.

Com essa última frase, terminou o estudo entre os adversários, e

Dualai esperou que começasse a chover dentro da caverna, pois o clima parecia o que antecede uma tempestade em campo aberto.

O verme gigante se afastou enquanto o ar crepitava em torno do garoto. Em seguida, Dualai ensurdeceu com o trovão.

No lugar do menino, havia um homem. Mais de dois metros de altura, cabelos negros, ombros da largura de uma porta e olhos pequenos que pareciam capazes de enxergar um grão de areia específico numa praia. Quando falou, não precisou mover os lábios, mas sua voz era clara e inteligível em qualquer idioma conhecido.

– Eu sou a reunião de todos contra você, Dualai. As Empresas de todas as realidades o consideram um inimigo. Não, melhor: O inimigo. E uniram forças para criar a mim, a quem chamam de Escolhido. Você é o anticristo do tempo, e eu, que voltei dos mortos e sou três em um – jovem, menino e velho –, sou a cura.

Estendendo a mão de onde saltavam fagulhas, continuou, enquanto um cansado neandertal arregalava ainda mais os olhos.

– Meu nome era Carlo Costa, prisioneiro número 5.391 da Penitenciária Henry Armstead-Gonzáles para Homens-que-Nunca-Existiram. Meu corpo é um anacronismo capaz de suportar altas pressões. As entidades transtemporais me escolheram para servir de receptáculo para capacidades acima daquelas cedidas a qualquer de seus agentes. Tenho um chip de teletransporte temporal inserido no cérebro, cedido pela Tempus Fugit. Meu próprio corpo pode se acelerar sozinho, viajando do passado ao futuro e vice-versa graças a enxertos biônicos vindos dos Anos Interditos. Fui treinado pelos sacerdotes seguidores de Cronos em todo tipo de combate corporal, e ainda por cima, tenho isto... Disseram que você entenderia se eu mostrasse.

A lança dourada brilhava em sua mão estendida, vinda do nada. Ou seria um graveto de madeira lascada? Ou ainda uma peça de antiquário, de bronze, corroída pelo azinhavre?

Era tudo isso e muito mais, Dualai sabia. Tratava-se da Arma Original, a lança depositária do conceito de Guerra. O que deu aos homo sapiens gana e coragem, audácia e ambição para voltar no tempo e extinguir a espécie neandertal. A mesma arma que ele, Dualai, vinha roubar agora para reverter a situação.

Se o homem ali não mostrasse o artefato, talvez Dualai tivesse desistido da missão e voltado atrás. Afinal, Costa era um poder muito acima daquele para o qual havia se preparado. Mas agora, ao testemunhar o medo que todas as agências sapiens demonstravam e, principalmente, ao vislumbrar a possibilidade de fazer justiça, o neandertal não recuaria. Se Costa era o Enviado, Dualai era conhecido entre seu povo temporariamente extinto como o Agente de Deus, e como todas as raças sabem, Deus está sempre ao lado dos vencedores.

O hominídeo saltou sobre o gigante. Foi atingido por dezenas de raios poderosíssimos e caiu, mas não sem antes esticar uma das mãos e tocar a arma fundamental. Foi como se um circuito se fechasse. Energias fluíram de um para outro através do cabo da lança, e naquele momento infinito, todas as possibilidades de combate entre sapiens e neandertal aconteceram. Todas as realidades foram uma só. Formou-se um nexo. Um ponto fulcral de onde partiam fios luminosos de possibilidades fugazes, mas reais e dolorosas. Numa delas, Dualai era fulminado, Costa se tornava uma entidade poderosíssima e conquistava todo o Multiverso. Em outra, Costa era quem morria e Dualai reconstruía a história, eliminando os sapiens do *continuum*. Em uma terceira, ambos sobreviviam e se tornavam o núcleo de uma resistência contra as agências temporais. E em outra, ainda, ambos desapareciam, destruindo a lança e, em consequência, condenado a humanidade a um futuro de tédio e decadência. E assim por diante, possibilidades infinitas acontecendo simultaneamente, até que o foco voltou, fixando o Real definitivo.

Dualai e Costa abriram os olhos. Em torno deles, a caverna fora calcinada. O verme que enrodilhava os pés do gigante era apenas uma marca negra em uma das paredes. Parecia que a lava de um vulcão passou por ali, mas poupara neandertal e sapiens.

A lança, porém, desapareceu. Em seu lugar, segura pelas mãos de ambos, havia uma fita, um anel prateado. Dualai e Costa seguravam juntos o novo artefato, e em silêncio, examinaram sua espessura, sua singularidade. O círculo era um *anel de moebius*, com o formato de um oito deitado, onde a parte interna se voltava para fora e ao contrário, revelando aos adversários uma inscrição em marcas cuneiformes sumérias. Símbolos pictográficos como os dos antigos hititas, desenhos que remetiam aos hieróglifos egípcios, tudo intercalado por imagens que se assemelhavam às pinturas neolíticas, que representavam homens caçando bisões, ideogramas provavelmente orientais e runas babilônicas, além de elementos gráficos próximos à escrita da Grécia micênica e à cerâmica dos índios tapajós. Dos esquimós aos persas, dos arianos aos godos, dos aborígenes aos ameríndios, todas as formas de comunicação/arte/expressão estavam ali, e a mensagem era única e inequívoca.

A lança se foi. A palavra ficou. Qualquer que ela fosse, seria o novo símbolo da unificação humana, dos esforços da espécie para enfrentar o que viria. Porque a guerra seria interminável, mas o tempo das armas havia acabado.

Os homens se encararam, dessa vez sem raiva. Tentaram apertar suas mãos livres apenas para descobrir que não era possível. Uma passou através da outra, e, enfim, compreenderam o que acontecia. Um acordo tácito foi estabelecido e largaram o artefato ao mesmo tempo. Deram as costas um ao outro e caminharam para a saída sem olhar para trás.

Lá fora, sob um sol fortíssimo, cada um encontrou o que esperava: suas casas, como sempre foram, como sempre seriam. Olharam para o adversário-companheiro uma última vez antes de desaparecerem totalmente das vistas um do outro. Sorriam.

Indiferente aos dois homens, o anel continuou no mesmo lugar, parado e apoiado no nada, no meio de uma caverna existente em todos os lugares.

– Perdemos um dos nossos – disse uma lacraia pela voz de um humano gordo, vestindo um paletó quente demais. Todos na sala pararam seus afazeres e escutaram atentos ao boletim de ocorrência.

– O hominídeo conseguiu adentrar o quartel general do inimigo como previsto. Chegou a enviar-nos um duplo temporal para que cuidássemos de suas feridas e o retornássemos ao ponto fulcral para que o ciclo se fechasse. Depois disso, o sinal desapareceu. Concluímos que ele está morto ou neutralizado.

Um estalo soou pelo amplificador do rádio, mas o cérebro da operação se manteve em silêncio por meio minuto, durante o qual ninguém ousou abrir a boca.

– Então apagaram o macaco? – disse a voz. – Isso complica um pouco as coisas. Mas temos ainda o proverbial plano B. Se o austríaco cumprir o combinado, logo estaremos em condições de aplicar o golpe final. Como ele está se saindo?

O homem gordo coçou a nuca suada.

– Segundo nosso contato, ele quase pôs a perder a missão, mas conseguiu contornar o problema. Por enquanto está tudo correndo como combinado.

– Olha que esse imbecil ainda esculhamba tudo! Avise ao contato que, ao menor sinal de desastre, ele tem ordens de assumir o controle e resolver a situação da melhor maneira possível. A partir de agora, quero relatórios completos de meia em meia hora.

O silêncio voltou a imperar na sala enquanto o gordo se retirava. Do lado de fora, o trânsito na Avenida Rio Branco se intensificou. Começava a hora do *rush*.

Houdini afastou o rosto do monitor na sala de Piper, que mostrava uma foto de Otto Skorzeny. A câmera no elevador havia conseguido uma imagem de baixa definição, porque o sujeito ocultou muito bem o rosto atrás do jornal. No entanto, Winston S. conseguiu descobrir a identidade do suspeito graças a um olho e parte do maxilar. Agora, sua ficha estava lá, completa, diante do pequeno ilusionista e de Piper.

– Está bem, comissário – disse Houdini, esfregando as mãos –, vou atrás do austríaco.

Piper suspirou aliviado.

– Mas lembre-se das consequências – continuou o homenzinho. – Depois de tudo resolvido, estarei livre para fazer o que bem entender da minha vida, compreendido?

Piper abanou a cabeça, assentindo. Acrescentou com um sorriso:

– E então virá atrás de nós, pilantras, para nos desmascarar como embusteiros.

Houdini se empertigou e respondeu pausadamente:

– Pode ter certeza. E quando começar, ninguém vai conseguir me deter. Agora vamos dar uma olhada nos voluntários.

Piper pressionou duas teclas, e três imagens apareceram no monitor.

– Esses são os mais indicados para a missão em Buenos Aires. Todos são latino-americanos e oriundos de épocas próximas ao período em que vamos operar, o que nos dá certa versatilidade.

Apontando para a foto de um homem magro, de olhos arregalados e cabelos crespos, começou o relatório:

– O primeiro é um ex-oficial do exército brasileiro. Mira excepcional, capaz de acertar a olho nu um alvo em movimento a mais de trezentos metros. Grande agente de campo. Culto, conhece Stendhal e Dostoievski de cor, além de Marx e Bakunin.

– Certo. Já sei das coisas boas, agora vamos aos problemas. Deixe-me ver... Trata-se um viciado em substâncias estupefacientes?

– Não. Nem em sonho. O problema de Carlos é um amor obsessivo pelo socialismo. Ele desertou das forças armadas e criou muita confusão entre 1968 e 1970. Para ganhar o respeito desse camarada, só jurando lealdade ao Partido.

Houdini levou dois dedos em pinça à altura dos olhos e massageou a base do nariz.

– Pior que viciado. Fanático! E esse não deve ser o mais difícil, não é?

– Não. O mais difícil é esse – e apontou o cursor para um rosto muito sério, cujos olhos miúdos se escondiam por trás de uns óculos de aro fino. Os cabelos negros e longos estavam parcialmente escondidos sob um chapéu de couro curtido, de formato estranho. No pescoço, um lenço colorido.

– Primeiro um ativista político, agora um pervertido. Isso é um circo de horrores.

– Ferreira é mesmo um problema. Sociopata, matou muita gente durante a década de 1920 no sertão brasileiro, pelos motivos mais banais. Mas podemos segurá-lo. Apesar do que você possa pensar com essa sua cabeça do século dezenove, não se trata de um homossexual, muito pelo contrário. Esse, inclusive, é seu ponto fraco. Ele vai fazer tudo que quisermos ou acabamos com a mulher dele, Maria. Dois conselhos: reserve-o como sua última carta na manga e, o mais importante, nunca desvie os olhos. Vigilância constante. Porém, se quiser um serviço rápido, é só deixá-lo com uma faca nas mãos e em dois segundos vai ter de limpar sangue do teto. Só tome cuidado para que não seja o seu.

A mão de Houdini tampava o rosto, deixando apenas a boca descoberta.

– Que beleza. Chantagem, extorsão, assassinato e fanatismo. Vamos acabar logo com isso. Quem é o outro exemplo de dignidade que você vai me oferecer como colega de trabalho?

Piper apontou para a última fotografia e respirou fundo.

– Diretamente da Argentina, nossa arma secreta – a mulher ostentava cabelos pintados de louro, amarrados em coque atrás da nuca. Um sorriso angelical. Nos olhos negros, nada. – Harry Houdini, conheça Eva Duarte, nosso contato com o alvo.

Houdini se debruçou sobre o console, analisando os traços fisionômicos da mulher.

– Uma beleza vulgar, mas carismática. Deve ser uma boa atriz. Será nossa isca?

– Ela nasceu para esse trabalho, Harry. Uma espiã nata, capaz de derrubar governos com um abrir de pernas. E temos de lembrar que os alemães nunca foram muito bons em desmascarar espiões. Canaris que o diga.

– Quem?

– Nada. Deixa pra lá. Não temos muito tempo – Piper passou a Houdini um chumaço de papéis recém-impressos. – Tome aqui os dossiês da equipe. Decore isso e os planos da missão em Buenos Aires. Hoje à noite vocês partem pros seus destinos. Vamos pegar Skorzeny antes que ele possa pensar em alguma coisa.

V: OLGA, EVA E MARIA

A MENINA ESTAVA tranquila. Amarrada, mas tranquila.

Eu, por outro lado, estava muito aborrecido. Tinha sido um dia desagradável.

O estrangeiro, sentado numa poltrona velha e confortável, parecia satisfeito. Eu tinha vontade de acertar-lhe um pontapé nas fuças.

– Como se chama, garota? – perguntou. Ela sorriu:

– Quem quer saber?

O gringo escancarou os dentes, surpreso.

– Desculpe. Que falta de cortesia a minha. Meu nome é Otto.

– Olga – e olhando em torno, acrescentou: – Estou com sede.

– Muito bem, vou trazer um copo d'água.

Afastou-se em direção à cozinha do apartamento minúsculo. No meio do caminho, perguntou:

– Se eu desamarrar você, promete não fazer nenhuma bobagem?

– Prometo. A única bobagem que eu poderia fazer seria transar com você e sair por aquela porta.

O cara ficou parado, frio. Eu, por outro lado, estava pasmo. Ela falava sério.

– Você está querendo dizer que vai tentar me seduzir, esperando que eu a deixe ir?

Ele não estava frio coisa nenhuma. Estava tão pasmo quanto eu. Apenas não fazia cara de idiota.

– Não, senhor – a ênfase em *senhor* foi sutil, mas perceptível. – Estou dizendo que vou transar com você e sair em seguida.

Otto deixou transparecer um sorriso. Foi até a cozinha, pegou um copo d'água e bebeu tudo, deixando-o sobre uma mesa, único móvel no ambiente, fora as duas cadeiras onde estávamos amarrados. Eu não fazia ideia do que ela pretendia com aquilo, mas estava conseguindo deixar a nós dois, captor e cativo, sem palavras.

Otto apanhou o coldre onde guardava a pistola Luger e andou até a cadeira na qual a menina estava amarrada. Apoiou o cano na testa de Olga.

– Moça, não gosto do que não compreendo. E aquilo do que não gosto, eu mato.

Foi a vez de Olga sorrir, apesar da arma na cabeça.

– Não gosta? Sei. Fala aí pro seu amigo que você não gosta...

O *amigo* era uma ereção. Sem dizer nada, o gringo guardou a arma e arrebentou as alças da blusa da menina, deixando os seios livres. Agarrou um deles com a mão esquerda enquanto desabotoava as calças com a direita, deixando o pênis livre, a dois dedos do rosto de Olga.

Sou capaz de apostar que eu e ele pensávamos a mesma coisa: sexo oral naquelas condições seria pedir uma castração. A arma voltou a pressionar a testa de Olga, que abriu a boca.

O gringo iniciou o vaivém, logo atingindo uma velocidade assustadora para quem estava sendo chupado de pé. Aos primeiros sinais de orgasmo descontrolado, os tornozelos amarrados de Olga se colocaram entre as pernas do homem, sobre as calças arriadas.

Com um gemido crescente, Otto tremeu a mão que segurava a Luger e apertou a nuca de Olga. Os pés da menina puxaram as calças enquanto a cabeça acertava a virilha do homem e os dentes fechavam em torno do pênis.

O gemido virou um grito longo, pontuado pelo som de um tiro. Mas a arma já estava afastada da cabeça de Olga e a bala foi parar no rodapé.

Os joelhos do austríaco dobraram e Olga, com a boca cheia de sangue, projetou a cadeira para frente, derrubando a si própria sobre o corpo do gringo. Era a minha deixa.

A cadeira onde eu estava amarrado era de cedro, mas as juntas eram unidas com cola e poucos parafusos. Joguei o corpo para trás e meu peso foi suficiente para deslocar uma das laterais do encosto. Mais duas porradas no chão e meus braços estariam soltos.

Saltei para junto dos corpos de Olga e do nazista, que começava a se recobrar, e caí com os dois pés sobre seu braço direito, que segurava o pescoço da menina. Ele rolou para longe, procurando a pistola no chão, mas Olga, livre, alcançou a arma antes.

Impedidos de utilizar a Luger da melhor maneira possível, pulamos desajeitados até a mesa sobre a qual estava o copo no qual Otto bebeu água. Compreendendo o que pretendíamos, o sujeito tentou levantar e impedir nosso avanço, mas as calças ainda atrapalhavam seus movimentos, sem falar na enorme mancha escura em sua virilha. Não sou médico, mas se ele ainda podia andar, concluí que Olga não seccionou uma artéria.

Com os cacos do copo quebrado, tentamos cortar as cordas, mas o cânhamo era muito grosso, e o máximo que conseguimos foi ferir os dedos e esfiapar a fibra. Otto já estava sobre nós quando soltei a mão direita, graças a meu próprio sangue, que fez o pulso escorregar pelas amarras. Acertei um murro no nariz do gringo, mas me desequilibrei por causa dos pés ainda imobilizados. Caí sobre o braço solto. A dor sobiu até o ombro, mas levantei rápido. Olga já estava livre das cordas e me ajudou a soltar os pés, enquanto apontava a pistola para o grandalhão, de joelhos à nossa frente, as mãos entre as pernas.

– Eu não falei, otário, que ia transar com você e sair na boa?

– Para com isso, Olga – falo, segurando o braço machucado. – Deixa esse babaca comigo agora. Tem uma porção de coisas que eu quero saber.

– Nem pensar. Fui eu quem chupou esse merda e você é quem vai se divertir? Não senhor! O primeiro tiro é meu – e, dizendo isso, disparou a pistola no peito do homem, que caiu estatelado.

– É. O primeiro e último, pelo visto – aquela garota era mais perigosa que muito marginal que já havia encontrado na vida. Não sabia como lidar com ela. – Não te ocorreu que ele poderia ter matado a gente logo de início e preferiu não fazer nada?

Ela segurou minha bochecha e piscou um olho.

– Agora já era, menino. O alemão morreu.

O beijo subsequente foi uma das piores experiências de minha vida.

A agenda para 15 de julho de 1945 estava cheia. Um almoço com os embaixadores europeus, discurso na rádio às 15 horas e, à noite, a festa beneficente em prol dos descamisados. Tudo rotina, não fosse pela presença dos três homens.

O pequeno e o magricelo, recém-admitidos em sua comitiva particular, pareciam pouco à vontade nos ternos de corte reto da moda. Mas, apesar das caras esquisitas, não foi difícil convencer Juan a contratá-los. Foi só dizer que eram velhos amigos de Los Toldos, gente de confiança e poucas palavras. O presidente, como todo falastrão, admirava gente muda. Com sorte, daria para resolver tudo em dois dias, no máximo, sem chamar muita atenção, e ainda receber o prêmio prometido pela Intempol.

O problema era o doido de óculos.

No dia da chegada a Buenos Aires, Eva providenciou um pequeno sobrado próximo ao centro, discreto o suficiente para servir de base para os quatro se reunirem. Depois que Harry distribuiu as tarefas do dia, ela voltou à Casa Rosada, enquanto o pequenino e Carlos, o brasileiro magro, saíram para comprar armas e material necessário para a missão. Ferreira, o outro brasileiro com cara de maluco, recebeu ordens expressas de não sair dos aposentos por nada.

Foi o que ele fez. Os três sujeitos, cujos corpos decapitados jaziam à porta do apartamento, foram um indesejável imprevisto. Eva, Harry e Carlos deram com eles quando voltaram ao esconderijo, às 18 horas. Os mortos tinham vindo ao apartamento com suas próprias pernas para saber o motivo pelo qual quase haviam sido atingidos por uma poltrona, arremessada pela janela. E Ferreira não arredou um pé para fora.

– O que foi? – disse Ferreira. – Eles entraram e não saíram. Não mando ninguém vir assuntar meus particulares.

– E que particulares eram esses que necessitavam de atirar a mobília pela janela? – perguntou Harry, sem alterar a voz.

– Vê-se logo que o coronel gringo não sabe como deve ser um acampamento. O que não tem serventia deve ser jogado fora, seja vivente ou não.

– Deixa eu acabar com esse bandido agora – disse Carlos, engatilhando uma Colt .45 – antes que ele decida que nós somos dispensáveis.

Ferreira abriu os braços em desafio.

– Vem, macaco, que gente de farda é o que mais gosto de sangrar. Tu és muito macho com o trabuco na mão. Quero ver se aguenta com a peixeira.

Em um segundo, porém, Harry Houdini desarmou os pretensos duelistas. Foi uma manobra simples, um giro sobre o calcanhar esquerdo enquanto os dedos indicador e médio atingiam pontos nervosos nos braços tensos, mas que pegou os dois brasileiros de surpresa.

– Ninguém mata ninguém enquanto eu estiver no comando. Em dois dias acabaremos tudo aqui, e então, se quiserem resolver seus problemas, estarão à vontade.

– Você não entende – disse Carlos. – Esse homem é um assassino impiedoso.

– E você, não? – respondeu Harry sem tirar os olhos de cima de Ferreira.

– É diferente. Ele não tem escrúpulos, não é um idealista. Já matei, sim, mas por dever profissional. Sou um soldado.

– Segundo sua ficha, o senhor é um desertor. É criminoso tanto quanto ele.

Carlos respondeu num sussurro chiado, como uma cobra acuada.

– Cuidado, seu gringo imperialista desgraçado. Sou um patriota.

– Tu és chibungo, seu macaco – interrompeu Ferreira. – E teu futuro tá marcado. Vou deixar uma bala com teu nome na minha cartucheira.

Eva, os sapatos novos imersos no sangue dos vizinhos, achou que já havia chegado ao limite.

– Meninos, está na hora de arrumar a casa. Ou os cadáveres saem, ou saio eu. Já estou há muito tempo aqui e é possível que sintam minha falta em casa. Que tal fazer uma faxina rápida? Vocês têm sorte dessa vizinhança ser mais ou menos indiferente à bagunça, senão a pilha de defuntos seria bem maior. Infelizmente, terão de se virar sem mim. A primeira dama não pode chegar em casa com as anáguas sujas de sangue.

Harry concordou e os três homens passaram a noite limpando a sujeira.

O dia seguinte foi dedicado à preparação do assassinato de Otto Skorzeny. Ele fazia parte dos 'embaixadores europeus', na verdade um bando de nazistas foragidos que haviam chegado de submarino há três dias e buscavam asilo com Perón.

O plano era simples: Eva seduziria o austríaco e combinaria um encontro para depois da festa, à noite. Harry e Carlos estariam presentes, com a função de escoltar Eva e Skorzeny até o local onde ficariam a sós. Na verdade, o objetivo era levar Skorzeny ao encontro de Ferreira para que este tirasse a golpes de facão as informações sobre a invasão *yithiana*. Um serviço simples, e depois, todo mundo iria embora com algum prêmio. Eva viraria uma lenda mundial, com direito à biografia filmada em Hollywood, Harry se livraria daquela prisão nefasta, Carlos participaria de uma revolução socialista no Brasil e Ferreira voltaria para a sua mulher, vivendo com ela até o fim de seus dias.

Mulher essa que, acompanhada por pequenos monstros e envolta na escuridão das ruas de Buenos Aires, espreitava o carro governamental que levava a primeira dama, seu pretenso amante e dois homens deslocados no tempo para o fim do mundo.

O primeiro a vê-la foi Ferreira, que não esboçou nenhuma reação além de um sorriso beatífico. Houdini e Carlos reagiram imediatamente ao perceberem a pequena mulher saltando sobre o automóvel, mas não tiveram tempo de disparar suas armas antes do carro capotar três vezes, indo parar, destroçado, num poste. O motorista, fosse quem fosse, morreu na hora, mas o grupo de Houdini estava vivo. Inconscientes, mas vivos.

A moça aproximou-se de cada um deles e tocou-lhes as testas, sussurrando alguma coisa ininteligível.

Imediatamente as vielas da Realidade começaram a bifurcar, dando origem a quatro mundos.

Maria não era mulher de se amedrontar fácil, mas aquilo era um pouco demais.

Tudo branco. Móveis, paredes e objetos. Sem falar nos aparelhos estranhos. Virgulino teria adorado tudo aquilo, o rádio que mostrava figuras, o armário gelado, a caixa que zumbia e esquentava coisas, o espelho que mostrava tudo, por dentro e por fora.

Mas para ela, era apenas assustador. Era claro que ela estava prisioneira, servindo de refém enquanto seu companheiro era obrigado a cumprir algum serviço para aqueles macacos vestidos de preto.

E Maria não era mulher do tipo que serve de refém para baitola nenhum. Por isso, quando o homem de preto apareceu na frente dela, o que encontrou foi uma guerreira cativa, não uma prisioneira.

Carlo Costa procurou desfazer o mal estar.

– Olá, dona Maria. Sou o encarregado de seu bem-estar na Empresa. Qualquer coisa que precisar, é só pegar aquele telefone ali e eu aparecerei em seguida – e sentando-se num sofá estofado típico da década de 1950, continuou: – Mas tenho outros assuntos para tratar com a senhora neste momento.

– Como sabe – continuou –, seu marido está cumprindo uma missão para nós, e a princípio, estamos bastante confiantes em seu sucesso. Mas há uma vertente aqui na Empresa que acredita na necessidade de um tipo de, como direi, preventivo. Sim, sei que, na nossa linha de trabalho, dúvidas sobre o resultado de uma missão são raras. Porém, parece que há flutuações no fluxo de táquions que nos impedem de saber com certeza o resultado das ações ligadas ao dia 15 de julho de 1945, que é quando seu marido está.

O homem sabia onde estava Virgulino. Maria esqueceu as palavras que não compreendia e prestou mais atenção ao gestual do macaco. Sabia que o corpo tinha uma linguagem própria e podia desmentir ou confirmar afirmações proferidas pela boca. Que Virgulino estava vivo era verdade, mas não conseguia detectar as intenções do sujeito à sua frente. Ele parecia diferente, duro.

– Dona Maria, sei que é difícil acompanhar meu jargão, mas preciso que compreenda e aceite o que vou propor agora. Meus superiores acreditam que a senhora deve ir ao encontro de seu marido e dar-lhe um presente para garantir o sucesso da missão.

– E que presente seria esse?

Carlo Costa retirou do bolso externo do paletó um pequeno verme, que se contorcia em seus dedos.

– Nada demais, senhora.

VI: O GOVERNADOR, A ATRIZ E O SOLDADO

O ÚLTIMO RELATÓRIO estava sobre a mesa de mogno. Valladão acendeu o cigarro e passou os olhos pelo papel diante de Guimarães.

– Já viu isso? Tudo errado. Parece que aquele gringo, o tal Piper, fez uma senhora cagada.

Guimarães alisou o vasto bigode, avaliou o memorando e, depois de acender o cachimbo, falou:

– Ele tomou a atitude correta.

– Como assim? – Valladão estava possesso, as pernas magras abrindo e fechando enquanto girava o corpo na cadeira de rodinhas. – O sujeito criou uma milícia composta de gente que nunca esteve na Prisão, personalidades históricas de importância relativa, liderada por um dos nossos mais perigosos internos. Alguma merda aconteceu, e olha o resultado... Agora temos não apenas uma Linha Temporal Alternativa, mas quatro. Quatro!

Guimarães continuou imóvel, soltando uma baforada.

– Eu teria feito a mesma coisa. Ele improvisou diante de uma situação extrema. Usou um especialista em fugas contra um especialista em resgates audaciosos. Mas Piper estava agindo no escuro e perdeu a chance de prender Skorzeny quando o chucrute invadiu o prédio. Chegou a enviar agentes ao passado imediato para interceptar o nazista antes de ele entrar no edifício, mas houve uma interferência absurda, com muita taquionicidade estática, e as caixas registradoras travaram, incapazes de acessar aquela fatia específica do espaço-tempo. O pessoal da engenharia está trabalhando nisso agora, vendo se consegue liberar a área, mas está difícil.

Parece que há atividade externa relacionada aos nossos amigos alienígenas renegados.

Valladão arregalou os olhos.

– O quê? Aqueles vermes que entram no ouvido das pessoas são yithianos? Porra, pensei que eles estivessem do nosso lado!

– Os aliens estão do lado deles mesmos. Mas parece que houve um racha qualquer. Uma facção dos bichos resolveu adiantar o calendário e invadir a Terra antes do combinado. Fomos informados disso hoje pela manhã.

– Sei. E o que acontece agora? Por que esse relatório veio parar na minha mesa? O que tenho a ver com isso?

– O que acontece agora é simples: o povo lá de cima quer que você limpe a sujeira – e graças ao bigode, o sorriso de Guimarães passou despercebido. – De novo.

– Com licença, Capitão.

– Entra, Corisco. Que que tu queres, cabra?

A sala de audiência era grande, luxuosa. Virgulino Ferreira estava sentado numa poltrona confortável, instalada sobre um tablado que o fazia ficar cinquenta centímetros mais alto que qualquer um que se aproximasse. O recém-chegado era obrigado a olhar para cima, sentindo-se apequenado. Dizem que Napoleão usava o mesmo estratagema para impressionar os visitantes (e também para disfarçar sua baixa estatura), além de ter mandado construir uma sala de reuniões com perspectiva alterada, que criava uma falsa impressão de suas proporções diante de qualquer interlocutor. Virgulino não chegava a tanto, mas era vaidoso o suficiente para correr o risco de ser desmoralizado por alguém mais alto. À direita de sua poltrona de audiências, Maria servia uma xícara de café em um aparelho de prata. Gestos comedidos, lentos e bem pensados. À esquerda, o biógrafo e a máquina de escrever não descansavam, registrando tudo para a interminável biografia do capitão Virgulino Ferreira.

Corisco, que ainda insistia em envergar a jaqueta de couro dos tempos do cangaço, postou-se humildemente a cinco passos do capitão. Para esse homem, o sedentarismo não caiu bem. Havia engordado uns oito quilos e perdido um pouco do lendário temperamento. A vida pacata na República de Juazeiro cobrou seu preço. Ele amolecera.

De todos os companheiros de aventuras, apenas dois mostravam sinais do viço anterior: Volta Seca, ainda capaz de sangrar um bandido com as mãos nuas, e o próprio capitão, cujos olhos ainda brilhavam.

– Diga o que é, cabra, que não tenho tempo.

– São dois estrangeiros, capitão. Com roupas estranhas. Parece que um deles vem das bandas do Rio de Janeiro, por causa do jeito chiado que fala. Mas o outro com certeza é baiano.

Visitas do sul eram prenúncio de tiroteio. A República Federativa do Brasil nunca aceitou a independência de Juazeiro, assim como não gostou do Arraial de Canudos. O que vinha pela frente era mais afronta e ameaça.

Nos velhos tempos, Virgulino Ferreira teria mandado sangrar os sujeitos antes de olhar as fuças. Mas hoje as coisas eram diferentes.

– Antes de mandar os macacos entrarem, vá buscar o Prestes. Diga que temos visitas. E que elas chiam quando falam. Ele entenderá.

Corisco saiu fazendo jus ao apelido. O coronel Prestes devia estar na biblioteca, como sempre, desde que houve a fusão da Coluna Prestes e da tropa do capitão, numa força invencível que tornou o Nordeste brasileiro independente. O homem era um colosso de inteligência, talvez para compensar a baixa estatura.

Para os cangaceiros, a união com a Coluna foi um achado. Eles haviam sido chamados pelo próprio padre Cícero para combater aquele homem, mas quando finalmente se encontraram, tanto Ferreira quanto Prestes perceberam as possibilidades da união de forças. O revolucionário era dono de uma aura que transcendia o macaco em seu peito, e Ferreira era mito, um ícone. Juntos, mudariam a história. O Nordeste independente era hoje uma força a ser respeitada, muito mais que um incômodo para o governo brasileiro.

Mas e se as coisas tivessem ocorrido diferente? Às vezes se surpreendia sonhando acordado com eventos que não aconteceram, países estrangeiros e insetos nojentos, centopeias. Em alguns devaneios, os bichos saíam da boca de Maria.

– Café, Virgulino? – Maria aproximou a xícara de seus lábios e o aroma expulsou os maus pensamentos. Virgulino Ferreira estava outra vez no controle, e a realidade era palpável.

– Sim – disse, pegando a porcelana das mãos da mulher. – Vamos receber esses xibungos.

Corisco já estava à porta com os dois recém-chegados.

– Capitão, esses senhores dizem se chamar Figueiredo e Magalhães. Vêm a mando de uma tal de Inter... não... Intempol – e virando para o mais próximo dos homens vestidos de preto, perguntou: – É isso mesmo?

– É – respondeu Figueiredo, e dirigiu-se à poltrona no centro da sala. – O senhor aí é Virgulino Ferreira?

Ferreira sentia o velho sangue quente subir rápido, despertando memórias de chacina. "Ah, que vontade de cortar umas cabeças!"

– Parece claro que os senhores sabem a quem procuram.

Os agentes João B. Figueiredo e Antônio C. Magalhães se entreolharam, aborrecidos.

– O sujeito é evasivo – disse o mais alto –, não responde diretamente. O que acontece com gente assim?

O mais gordo sacudiu os ombros.

– Isso é com você. Já quer resolver no muque? Ainda acho que podemos chegar a soluções satisfatórias negociando. Você sabe, algo que ele quer em troca de algo que nós queremos.

– Negociar com gente que não existe? Eu, hein!

– Peraí... Esse existe! Ele nunca foi preso por nós e faz parte da Linha Temporal Oficial. Não vem esculhambando tudo, não! Olha que temos ordens de levar o Ferreira vivo.

Foi a gota d'água. Até então, Virgulino Ferreira estava deixando aqueles doidos falarem como duas comadres, mas a menção de um possível aprisionamento trouxe à tona os instintos. Resolveu pagar para ver. Olhou para Maria e logo estava com um rifle nas mãos.

– Os amigos vão me desculpar, mas a entrevista está encerrada.

Figueiredo cerrou os olhos, sussurrando em direção ao companheiro.

– Taí a sua negociação, seu bunda-mole. Manobra 22.

Agarrando Corisco pela gola, improvisando um escudo, Figueiredo sacou a Terminator de dentro do coldre sob o terno e, com a arma pré-programada para modo rajada, disparou em direção ao trio à sua frente. O peito de Corisco explodiu quando as balas de Ferreira o atingiram, mas o agente se manteve ileso, atirando sem parar em direção ao adversário.

A essa altura, o biógrafo era uma massa de carne e sangue esparramada no chão, com a máquina de escrever despedaçada próxima a seus pés. Maria e Ferreira, escondidos atrás de uma barricada improvisada com o espaldar maciço da poltrona e a mesa de café, revidavam o ataque como podiam, mas estavam em desvantagem diante da chuva de balas.

– Onde se enfiou o cachorro do Prestes? – perguntou Ferreira sem esperar resposta.

Mas ela veio assim mesmo, na forma de uma dor de cabeça súbita e devastadora. Levando as mãos aos ouvidos, que pareciam na iminência de explodir, Ferreira gritava tão alto que nem percebeu quando o tiroteio terminou.

A seu lado, Maria estava deitada de costas, morta. A boca escancarada deixava ver os restos de uma lacraia enorme que saía da garganta. Sangue de duas cores se misturavam no soalho.

O agente Magalhães pousou a mão aberta no ombro de Ferreira enquanto mantinha sua Terminator apoiada na nuca do cativo.

– Vamos embora, Virgulino – disse Magalhães. – Isso tudo nunca aconteceu, e você sabe. Mas não precisa se preocupar com seu povo, nós vamos lacrar esta realidade e eles vão ficar morando aqui, como se nada tivesse acontecido, para sempre. Infelizmente, você jamais poderá voltar.

Figueiredo programava a caixa registradora na sequência de tranca provisória, impedindo quaisquer outras caixas de completar viagens para aquelas coordenadas até que o pessoal da engenharia aparecesse para arrumar a casa.

– Sabe, eu nunca conseguiria ser chefe de uma nação. Rei, governador, presidente... sei lá o que mais. Se fosse você, Virgulino, ficaria até feliz de sumir assim. O grande problema do povo é que ele sempre cheira mal.

E em resposta à reprimenda do companheiro, completou.

– Tá olhando o quê, Tonico? Até um estábulo cheira melhor que o povo.

Eva limpava as mãos cheias de cimento nos fundilhos da calça jeans e sorria para as câmeras ao lado de César Romero. Com o sucesso de *Sangue e Areia*, a carreira estava garantida e Hollywood era, finalmente, sua casa.

Agenda cheia até o mês seguinte, caixa de correio abarrotada de roteiros novos e a geladeira com champanha francesa saindo pelo ladrão. Era uma vida de sonho.

Mais tarde, durante o banho, Maria trouxe o Martini. Eva decidiu que o próximo filme deveria ser algo mais sério, mais político. Aquele roteiro de Michael Curtiz que estava largado no sofá parecia mais atraente a cada dia.

A história de um triângulo amoroso num lugar mítico com a guerra como pano de fundo. Perfeito para quebrar a imagem de imigrante latina que a perseguia desde que chegou a Los Angeles. O único problema era o ator principal. Ronald Reagan não era um astro.

Teria de conversar com os produtores e talvez convencer alguém a contratar um galã digno do papel, caso decidisse mesmo atuar naquele filme. No momento, porém, a única preocupação era comer a azeitona que se refugiava no fundo da taça.

Sentiu os dentes afundarem na polpa ao mesmo tempo que acenava para Maria.

A toalha felpuda logo estava sobre seus ombros. Maria esfregava com leveza, misto de massagem e carinho, e Eva fechou os olhos por um segundo...

... *mergulhando num poço vermelho, onde ventosas grudadas em sua cabeça extraíam sangue e pedaços de carne. Os olhos ardiam com os vapores ácidos exalados pelas paredes cilíndricas que pulsavam, e ela percebeu que estava dentro do sistema circulatório de algo muito grande. Ela atrapalhava o fluir do líquido que alimentava o corpo e, assim, era devorada viva pelos anticorpos do hospedeiro. A única coisa que lhe restava era a voz...*

... e gritou.

Como sempre, Maria estava a postos, com a medicação pronta numa bandeja. Estendeu a mão, sorrindo. Eva engoliu os comprimidos e a cabeça parou de rodar. Perguntou à Maria como estava sua própria cara e recebeu a resposta combinada, "Melhor impossível, senhora". O próximo passo, agora, era dormir.

O telefone tocou, espantando o sono. Era o pessoal da Metro com uma proposta irrecusável: substituir Judy Garland num drama musical, contracenando com James Mason. Aquele, sim, era um astro. A reunião foi marcada para o dia seguinte, bem cedo, o que a forçava a não sair de casa à noite. Nada de encontrar William Holden no bar mais próximo.

No dia seguinte, o mundo acordou com dor de garganta.

Eva arranjou um hematoma na perna direita ao tomar banho, cortou uma das axilas com gilete e, para finalizar, mordeu a língua durante o café da manhã. Tudo errado.

Chegada a hora da reunião, onde estava o chofer? Era dia de folga. Virou-se para Maria, que estava mais calada que o normal, e rosnou:

– Vá botar uma roupa decente. Você vai comigo. Pegue um conjunto meu lá no armário e se apronte rápido. Vou ter de dirigir e morro de medo desses motoristas daqui.

A brasileira pareceu esboçar uma reação, mas logo desapareceu, voltando três minutos depois, dentro de um vestido velho. A viagem foi um horror, com Eva procurando se manter equidistante de todos os outros carros num raio de três metros, mas chegaram ao estúdio, vazio, na hora certa, pelo lado oposto da rua. Como ninguém viu, Eva achou melhor parar o caro ali mesmo.

Atrás da mesa do diretor executivo, dois homens desconhecidos de terno preto.

– Parou na contramão – disse o mais novo – atrapalhando o tráfego.

– O quê? – perguntou Eva. – Que palhaçada é essa? Quem são vocês? O carro está estacionado direitinho na frente do estúdio e não tem tráfego nenhum. Aliás, não tem ninguém aqui.

O agente mais velho interviu:

– Moça, pensamos em interceptar seu carro antes de chegar, mas do jeito que a senhora dirige, mudamos de ideia. Foi mais rápido detonar o estúdio todo em lugar de provocar um acidente. Não tem mais ninguém além de nós e daquela moça bonitinha da recepção. Hora de voltar pra casa, dona Eva.

– Mas é o que vou fazer mesmo: voltar para casa. – disse Eva dando meia volta e encarando o 38 especial de Maria.

– O que é isso, menina? Onde você arrumou essa coisa?

– Sai da minha frente, sua vaca, antes que eu fure teu bucho.

Eva Duarte nunca foi burra. Jogou-se para o lado enquanto Maria disparava contra os homens. Acertou o mais novo no peito, jogando-o contra uma parede ornada com o logotipo da Metro. A cabeça do homem bateu entre os dentes do leão. O corpo desapareceu por trás da escrivaninha de mogno.

– A mulherzinha é carne de pescoço. Bem que o baiano avisou – falou o homem mais velho enquanto retirava uma arma de dentro do paletó. Depois, voltando-se para o colega caído, perguntou: – E aí? Tá na boa?

O outro, sacudindo a cabeça, respondeu baixo:

– O mundo rodou de repente.

– Conheço a sensação. Ainda bem que viemos com o kevlar. Quebrou alguma coisa? Tá machucado?

A resposta do outro foi levar a mão ao coldre e sacar a arma com alguma dificuldade. Descarregou o pente, acertando em cheio a mulher. Gritava entre os disparos.

– Deus. Me fez. Um cara. Fraco. Des. Dentado. Feio. Mas. Se alguém. Me de sa. Fia...

As balas pararam de voar e o corpo desfigurado da mulher chamada Maria estava inerte.

– ... eu meto bala.

Eva, agachada com as mãos tampando os ouvidos, chorava enquanto percebia o cenário de seus sonhos dando lugar à realidade.

Uma sombra se projetou sobre o mundo e seu ponto de origem eram os sapatos dos agentes Buarque e Macedo, cujas solas esmagavam uma lacraia.

– Que Brasil é este, afinal? – gritava Che na televisão, em bom português.

Carlos Lamarca estava pasmo. Era um sonho tornado realidade, mas estranho, com gosto de limão azedo.

– Que Brasil é este que permite que americanos ditem seu modo de vida? Que afoguem seu orgulho em oceanos de Coca-Cola?

O sorriso do maior revolucionário de todos os tempos era de

plástico. Falso. O discurso, inflamado como sempre, soava muito parecido com as diatribes dos fascistas em seus piores dias.

Depois de tanta luta para rechaçar os militares e estabelecer um governo socialista num país de dimensões continentais, era isso que os esperava? Mais conchavos, mais politicalha canhestra, mais gringos metidos na nossa autonomia? Com os militares eram os americanos, com o novo governo eram russos que não pareciam muito dispostos a repetir os esquemas de Fidel no maior país da América do Sul. O aperto já se fazia sentir.

O último de uma série de desentendimentos que Carlos teve com o governo foi no caso dos traidores, os Sorns.

Angelo Sorn Jones foi um bom rapaz que acreditava na revolução. Chegou a assaltar bancos para financiar o MR8 e esteve envolvido em inúmeras operações. Em uma ocasião, chegou a enfrentar sozinho, armado com apenas uma pistola, um batalhão inteiro, dando cobertura para a fuga de Marighella em plena Praça Saens Peña, na Tijuca.

Pelos padrões de Carlos, Angelo Sorn foi um herói. No entanto, quando ele pediu clemência por sua mãe, acusada de traição por ter sido modista das mulheres dos militares, foi preso, condenado como traidor e morto, depois de passar por inúmeras torturas. Falou-se até que ele teria sido amarrado com a boca aberta no cano de descarga de um carro. Em seguida, a família inteira foi dizimada numa série de "acidentes" envolvendo automóveis.

Não foi para isso que Carlos lutou durante todos esses anos. Não foi para isso que salvou Guevara do franco atirador que quase o matou em 1964. Não foi para isso que abandonou a família. Não foi para isso que traiu as Forças Armadas.

Começava a pensar que talvez tivesse de começar tudo de novo. Chegou em casa, jogou o paletó sobre a poltrona e desafivelou o coldre sob a axila. Com o 38 na mão, chamou Maria.

A morena, pequena, olhos amendoados, chegou em silêncio, trazendo a garrafa de cachaça. De olhos fechados, Carlos bebeu dois copos. A mulher recolheu os apetrechos e fez menção de retirar-se em direção à cozinha. Foi interrompida pelo braço de Carlos.

Revólver e copo se cruzaram nas costas da moça. O beijo tinha gosto de cigarro, mas tudo bem porque seu paladar estava amortecido pela cachaça.

– O que está acontecendo com o país, Maria? – perguntou mais para si próprio.

Ela sorriu:

– Nada.

– Como nada? Será que você não entende? Isto aqui vai virar um Vietnã cedo ou tarde. Acabou, menina. Estávamos todos errados – e baixando o tom, complementou. – Vamos embora o mais rápido possível.

– Pra onde?

– Ainda não pensei direito. Cuba, talvez. Ou um lugar absolutamente improvável para as bandas do Golfo Pérsico. Só sei que aqui não dá mais.

A mulher endureceu o corpo e sua expressão assumiu uma neutralidade desapaixonada.

– Mas não era isso que você mais queria? Fazer a Revolução?

– A princípio, sim, mas agora isso não é mais importante. Hoje vejo com mais clareza. A Revolução é uma improbabilidade. Para ser efetiva, tem de ocorrer dentro de nós mesmos. E não são sujeitos como esses aí, como também não foram Stalin ou Trotsky, os que irão fazer alguma diferença. Eles são tão individualistas como qualquer capitalista dono de banco. Já decidi, estou fora disso.

Maria se afastou dele e andou até o quarto do casal. Voltou com uma 45 na mão. Carlos engasgou com o terceiro copo de cachaça.

– Quéisso? Tá doida?

A resposta foi um tiro na perna, que por sorte não arrancou o joelho, seguido de outros dois que atingiram a mobília.

Numa situação comum, Carlos revidaria imediatamente, e provavelmente não erraria. Mas com a perna ferida e duas doses acima do normal, seus reflexos estavam longe da perfeição. Ainda assim, ele era Carlos Lamarca, o melhor atirador de sua geração, e segurava um 38 carregado.

Maria jogou-se no chão, escapando de dois disparos que terminaram encravadas no soalho de tábua corrida. Arrastou-se rápido, protegida pelo sofá de estrutura de mogno, e tentou mirar por entre as ripas de madeira. Carlos, porém, não estava mais à vista. Protegido atrás do batente da porta da cozinha, recarregava a arma com as balas que sempre estavam nos bolsos, uma irresponsabilidade que já lhe salvara a vida uma dúzia de vezes.

A perna da calça estava empapada de sangue, e um pano de prato serviu como garrote. O porre já estava longe, esquecido. O pensamento era apenas um: matar o inimigo. Depois procuraria entender porque o inimigo era sua mulher. Depois, quando ela estivesse morta, talvez ele chorasse.

Fechou os olhos e enxergou o cenário em sua mente. A casa estava lá, como uma planta baixa. Focou a atenção na sala e apurou os ouvidos, buscando a respiração de Maria. A única coisa que ouviu foi o rádio tocando aos berros a nova bobagem de Roberto Carlos.

Maria estava jogando bem. O som alto ocultava seus ruídos e dava liberdade para aproximação. Contou em silêncio até três e jogou-se no chão, mirando de baixo para cima. Se Carlos estivesse ali, teria sido atingido na virilha à queima-roupa.

Mas ele não estava. Quando fez o projeto da cozinha, Carlos quis móveis sólidos e prateleiras aparafusadas nas paredes. Elas aguentariam sacos de mantimentos de mais de cinquenta quilos, logo, aguentavam também setenta e cinco quilos de soldado. Nesse momento, agradeceu por ter evitado engordar como todos seus companheiros de revolução depois da tomada do poder.

O cano do 38 encostou na têmpora direita da morena deitada no chão. Fim.

Carlos desceu da prateleira e ficou durante dois minutos observando o cadáver, dentes contritos segurando a dor, mãos na arma, pronto para qualquer eventualidade. Essa era a vantagem de não amar nada acima da Pátria: sentimentos não importavam. Ali não estava a mulher com quem dormira nos últimos cinco anos, mas uma ameaça. O bom soldado mantém a mente aberta a todas as possibilidades, mas concentrada na missão primordial que, no momento, era matar o inimigo.

Foi por isso que não se assustou ao ver a lacraia tentando sair pela ferida na cabeça de Maria.

Pegou o copo no qual havia bebido a cachaça e prendeu o bicho assim que atingiu o chão. Amarelo e preto. Muito feio. Cabeçudo. Diferente de outros artrópodes. Fascinante. Hipnótico.

E, quem diria, falava muito bem.

⁂

– Cadê a porra da rua, caceta? – Largo dirigia como um doido pelas ruas de Niterói, furando todos os sinais vermelhos. A seu lado, Machado se segurava como podia.

– Já deveríamos ter chegado. A essa altura, a confusão está encaminhada.

– Cala a boca, seu merda! – os olhos de Largo eram circundados por olheiras tão profundas que, se ele olhasse para cima em dia de chuva, acabaria com duas poças d'água na cara. – Estou de saco cheio de você, do seu bigodinho encerado e do seu bláblábláempolado. Abre logo esse mapa aí e localiza a casa do Lamarca.

Machado ajeitou os óculos.

– Há algo errado aqui, Largo. Já fizemos este caminho por de três vezes, mas...

– ... as ruas parecem sempre diferentes – completou Largo. – Eu percebi. Sabe o que isso significa? Que chegamos tarde e que a coisa que mantinha esta Linha Temporal Alternativa está inoperante. O mundo, este mundo, está entrando em colapso. Entropia – tirando uma das mãos do volante, Largo enxugou a testa. – Por isso não podemos mais usar as caixas registradoras para saltar no tempo. Sabe lá onde iríamos parar... Mas não é por isso que vamos desistir. Se as ruas fossem todas iguais, aí sim a merda estaria feita. Do jeito que está, ainda podemos descobrir o cara, mesmo presos nesse barco furado.

Machado estava assustado. Aquela missão estava estranha desde o início, quando foram contatados por Guimarães para dar uma dura no superintendente Freitas, em 1974. Em seguida, foram enviados para caçar Lamarca nesta LT Alternativa. Os relatórios retroativos de Buarque, Macedo, Figueiredo e Magalhães eram claros e, como sempre, estavam lá desde o início, comprovando o sucesso. O deles, porém, não foi encontrado para poder ser confrontado. O Arquivo declarou que havia perdido os relatórios dos agentes Emílio Largo e Joaquim Maria Machado devido à última tentativa de invasão do prédio, mas a verdade era que o relatório nunca existiu. Ou foi apagado do *continuum* de propósito, comprometendo a realização da missão. Afinal, na Intempol, se não há relatório antecipando o sucesso, a missão pode não ter acontecido. O comissário Valladão resolveu enviá-los de qualquer jeito, mesmo contrariando as regras da Empresa. Eles estavam ali, mas não havia registros de suas missões sob as ordens de Guimarães ou de Valladão.

"Já estou morto", pensou. "A decisão me escapa. Minhas memórias serão escritas do outro lado." Então, espantando os miasmas nefastos da cabeça, resolveu voltar ao trabalho. Encarou o mapa por trás dos óculos. Havia um atalho que ainda não haviam tentado para chegar à rua onde Lamarca e o alienígena moravam. Esticou o braço à direita e gritou:

– Dobre na próxima.

Largo girou o volante, fazendo os pneus do Aero Willis cantarem. Ao perceber que a rua não existia mais, tragada por um redemoinho que engolia o mundo, pisou no freio com os dois pés. O carro derrapou na curva e foi absorvido pelo vórtex em plena capotagem.

Os agentes Largo e Machado, assim como seus cartões cronais, caixas registradoras e todas as missões que realizaram juntos, foram desintegrados durante a desconstrução de uma realidade. Seus relatórios jamais foram redigidos.

TERCEIRO DIA

VII: O MÁGICO, O MARECHAL E O MONSTRO INOMINÁVEL

Os pulsos de Harry Houdini doíam, mas não tanto quanto seu orgulho.

Cinco soldados circundavam a mesa em que estava deitado, os braços e pernas acorrentados. Neste mundo criado ontem, a Alemanha perdeu a guerra, mas a Argentina herdou muito do *modus operandi* nazista graças à influência de um homem, Otto Skorzeny, agora marechal de campo e eminência parda do governo peronista.

Algemado a uma cadeira, ainda vestido com o paletó de sarja acima de seu tamanho, Harry Houdini encarava cinco soldados armados com metralhadoras germânicas Madsen Muskette. No meio deles, o próprio Skorzeny, exibindo um uniforme inspirado nos modelos da SS, os cabelos grisalhos penteados para trás.

– Fim de jogo, Harry. Este mundo é meu e você não foi convidado.

Houdini iniciou uma série de movimentos desconexos na cadeira. Skorzeny demorou em perceber que se tratava de um acesso de riso.

– Francamente, Otto – disse o ilusionista. – Um soldado com seu perfil deixar-se enganar por um bando de mistificadores... Viagens no tempo, homens de Marte... Alguém andou digerindo mal os romances de Herbert George Wells.

Skorzeni não perdeu a pose:

– Abra os olhos. Você tem armas com as quais nunca sonhou apontadas para seu peito, num país novo, num mundo diferente. Esse foi o presente que meus aliados, que segundo você não existem, prometeram, e se estamos aqui agora, com todas as lembranças duplas que existem em minha memória, de minha vida original e desta aqui, nova, onde o Terceiro Reich sobrevive no governo de Perón, é sinal que vencemos nossa guerra contra a Intempol. E você nem faz ideia do que seja o Terceiro Reich porque não é dessa época. Para um homem tão inteligente, parece-me que seu raciocínio anda meio embotado.

E aproximando o rosto do nariz do prisioneiro, falou: – Aliás, gostaria de saber por que diabos me considera seu inimigo. Não parece claro que deveríamos unir nossas mentes e forças contra esses déspotas multitemporais? Eles são o inimigo, não eu.

– A hora deles vai chegar, Otto, porque não passam de um bando de embusteiros corruptos e desorganizados. Mas um homem determinado, com acesso a armamento devastador e crenças inabaláveis no poder do mais forte, é um perigo ainda maior, e por isso, antes de destruir a Intempol, vou cuidar do mal imediato: você.

Os dedos curtos e grossos da mão direita do ilusionista saíram das algemas e, projetados de dentro da manga que os ocultava, agarraram a glote de Skorzeny, interrompendo a respiração e deglutição. Com um salto, Houdini se livrou da cadeira sem largar o pescoço da vítima, obrigando-a a dobrar os joelhos, mantendo-se na altura do captor.

– Abra os olhos, marechal. Seu mundo acabou.

O Pontiac americano não gostava das ruas de Buenos Aires, mas andava assim mesmo em direção à Casa Rosada. Skorzeny dirigia com cuidado, procurando evitar as ruas mais congestionadas. Mas era uma tarefa impossível. O cano de sua própria arma, na mão de Houdini, pressionava uma costela, e logo atrás, os soldados em perseguição não davam trégua, o que era compreensível, já que todos haviam sido treinados por ele mesmo. E se havia algo que o velho Scarface sabia fazer era criar um sentimento de fidelidade canina em seus subordinados. Cada um daqueles homens morreria por ele. Houdini estava indo para um beco sem saída, de um lado o palácio da Presidência, sede do governo peronista do qual Skorzeny era a eminência parda; de outro, uma falange de soldados vingativos, o melhor esquadrão tático que a Argentina já viu.

– Você sabe que está perdido, não é? – perguntou enquanto

desviava de um grupo que caminhava pelo meio da pista. Pensando nisso, as ruas estavam bem mais cheias que de costume para um início de noite.

– Cale a boca e faça o que mandei. Vá direto pra Casa Rosada.

Skorzeny afundou o pé no acelerador. Se havia um resto de simpatia pelo mágico americano, tinha sido substituído por desprezo. "Ele que se dane", pensou, e irrompeu com o automóvel pelos jardins do Palácio, quase atropelando alguns transeuntes.

O carro que os perseguia fez o mesmo trajeto, e foi então que Skorzeny percebeu os aviões voando baixo, arriscando rasantes sobre a Casa Rosada. A primeira explosão errou por pouco o Pontiac, abrindo uma cratera no gramado. Mas a segunda acertou em cheio o carro dos perseguidores. Pedaços de corpos voaram junto com as ferragens, espalhando fogo por um raio de vinte metros e fazendo chover aço e carne sobre o capô do carro ocupado por Skorzeny e Houdini. Um cano de descarga acertou o para-brisa, rachando-o, e o Pontiac, descontrolado, bateu numa lateral do palácio do governo argentino.

Skorzeny, com a testa arrebentada pelo impacto com o volante, foi acordado por uma sacudida no colarinho do uniforme amarrotado.

– Acorda! – disse Houdini de pé, do lado de fora do Pontiac. – Esperam por nós lá dentro.

O sangue já estava seco quando o europeu conseguiu se aprumar, apoiado no carro. Olhou em torno, para a multidão que saqueava a Casa Rosada, para os aviões cheios de bombas, para os mortos espalhados no gramado. Uma explosão ecoou e outro automóvel, um Willis, foi destruído numa rua próxima.

– Você sabe o que está acontecendo aqui? – perguntou Skorzeny.

Houdini sorriu:

– Esta não é a sua Argentina? O seu mundo? – e espalmando a mão direita nas costas do inimigo, empurrou. – Vamos entrar. Você vai entender tudo.

Havia uma sala enorme, ricamente mobiliada, onde os saqueadores não entravam. Passavam por ela carregados de quadros, tapetes e pratarias como se não enxergassem o aposento e os três homens que estavam lá dentro, cercados pelos clarões de bombas, poltronas de espaldar enormes e espelhos de prata que ocupavam paredes inteiras. Não prestavam atenção aos eventos externos, tudo se resumia àquele aposento deslocado da realidade.

O calvo magricela metido no terno preto era familiar a Skorzeny, mas o nome fugia. O sujeito troncudo com bigode a lá Nietzsche, por outro lado, era um estranho. O terceiro homem, terno cinza-chumbo, cabelos negros penteados para trás, braços cruzados às costas, era um velho conhecido. Na verdade, era uma celebridade.

– Herr Speer! – Skorzeny estava realmente feliz em ver o arquiteto do Reich ali, inteiro, vivo, em sua frente.

Albert Speer, elegante em um terno cinza chumbo, desviou o olhar como se estivesse pouco à vontade com o cumprimento efusivo do recém-chegado, e apontou para o homem calvo.

– Boa noite, Herr Skorzeny. Permita-me apresentá-lo a meu sócio, senhor Charles-Edouard Jeanneret-Gris.

Houdini não pôde evitar um riso. Quem quer que fosse o careca, havia quebrado o homem da cicatriz. Aqueles sujeitos eram mesmo muito bons. Haveria de descobrir como faziam a sala ficar invisível para as pessoas do lado de fora, isto é, se os transeuntes não fossem também parte do engodo.

– Pode me chamar de Le Corbusier, marechal – o homem calvo estendeu a mão, mas Skorzeny permaneceu imóvel. Virou-se para Speer.

– Seu sócio é um judeu?

Speer abriu a boca, mas foi interrompido pelo homem de bigode.

– Desculpem-me, senhores, mas vamos logo ao ponto, certo? Já perdemos muito tempo e pessoal forçando esta Argentina aberrante criada pelos amigos de Skorzeny a sofrer um Golpe de Estado prematuro. Meu nome é Orlando Guimarães. Sou um comissário da Intempol, o que significa que tenho Nível 5 de comprometimento e responsabilidade. Resumindo, estou na chefia dessa bagunça. Senhor Skorzeny, estes cavalheiros são os senhores Speer e Jeanneret-Gris, sim, mas não os de sua Linha Temporal.

Guimarães tirou um cachimbo do bolso do paletó e iniciou o ritual de abastecê-lo com um fumo cor de areia enquanto falava com a boca torta.

– Do lugar de onde eles vieram, nunca houve um Terceiro Reich.

Speer fez uma carreira projetando conjuntos habitacionais para as classes operárias germânicas, e Le Corbusier pôde dar seguimento à escola de arquitetura Bauhaus dentro da própria Alemanha, sem precisar fugir.

Skorzeny compreendeu a situação: estava encurralado. A melhor atitude era abrir os olhos e os ouvidos, esperando um momento certo para virar a mesa.

– A Speer & Le Corbusier, ou S&LeC, é o escritório de arquitetura responsável pelo prédio da Intempol, entre outros valiosos projetos em várias Linhas Temporais gerenciadas por nós – terminou Guimarães entre baforadas.

– E fomos contatados para ajudar a resolver esse pequeno problema de arquitetura cronal criado pelo senhor e seus associados – disse Speer.

Guimarães coçou o bigode. Era impossível saber se estava sorrindo enquanto falava.

– Problema é pouco. Segundo meu último relatório, ao menos quatro realidades alternativas não autorizadas foram criadas por causa das manipulações terroristas de seus amigos. Tem ideia do que pode acontecer por causa disso? Um efeito de entropia que vai acabar por desintegrar todas as realidades a partir da nossa já conturbada Linha Temporal Oficial. Um câncer no espaço-tempo, como se alguém puxasse a tampa da banheira e deixasse a água escoar, levando tudo misturado para o esgoto.

O homem com o bigode de Nietzsche saboreou o silêncio por dois segundos e completou:

– O senhor e seu amigo cabeludo deram trabalho, mas esquematizamos um plano que pode ajudar a botar tudo nos eixos outra vez. Com sua ajuda, é claro.

Skorzeny deu uma gargalhada.

– Nem o diabo me convenceria a ajudar vocês, parasitas.

Os arquitetos ficaram um pouco desconfortáveis com essa declaração, mas Guimarães limitou-se a franzir as sobrancelhas.

– Acho que temos alguém com uma retórica melhor que o Diabo – disse enquanto apontava para uma poltrona ao fundo da sala, imersa em sombras. Havia um homem ali, que veio em direção do grupo com passos incertos.

O cabelo cuidadosamente penteado mal disfarçava o sangue coagulado na têmpora esquerda, mas os olhos de Adolf Hitler ainda brilhavam.

Seguir Olga pela Rua da Carioca, apinhada de camelôs e gente apressada, não é fácil. Levei uns quatro esbarrões no ombro machucado e continuei correndo. Ela, por outro lado, não encostou em ninguém. Se estivesse chovendo, seria capaz de desviar dos pingos.

– Dá para saber pra onde estamos indo? – perguntei.

– Vamos resolver tudo de uma vez – ela respondeu sorrindo, enquanto saltava sobre uma coleção de DVDs piratas espalhados pela calçada.

Só então que percebi que não estávamos mais na década de 1970, mas não consiguia lembrar quando foi que mudamos de linha temporal. Se é que mudamos. Não tenho tempo de pensar, mas continuo correndo desabalado para onde quer que seja, porque essa guria é a chave para tudo isso. Só podia ser. Sou burro, mas nem tanto.

O débil mental que queria me matar quase foi controlado por ela. Valladão, aquele cachorro, sabia o futuro dela. E meu, diga-se de passagem. O gringo, veterano de várias guerras, dançou depois de um boquete que deixaria muita profissional com inveja. E agora esse papo de "vamos resolver tudo de uma vez". "*Vamos* o cacete! *Ela* vai. Eu sou apenas o boi de piranha. Literalmente."

Uma vez na Avenida Rio Branco, ela virou à esquerda e disparou pela estação do metrô. Ao invés de se dirigir às roletas, desceu correndo uma rampa para o mezanino, um enorme local de exposição que quase nunca é utilizado. Como seria de se esperar, dois seguranças vieram atrás de nós, enquanto uma gravação afirmava que era proibido correr dentro da estação.

Com o braço do jeito que estava, eu seria presa fácil para os sujeitos, dois caras fortões vestidos com uniformes pretos de mangas curtas. Tentei pegar uma de minhas IDs falsas, mas não deixaram nem que eu abrisse a boca. Deram logo um murro na boca do estômago. Sujeitos truculentos demais para seguranças de metrô.

Mas não faz diferença. A garota, sem parar para ganhar fôlego, pulou sobre o que acabara de me bater, e usando a perna do sujeito como trampolim, acertou uma joelhada no queixo. Dele, é claro. Vi saltar uns três dentes.

Olga girou no ar e caiu em frente ao segundo segurança, que ainda estava agarrado ao meu braço ferido. Pensei numa estratégia: girar o corpo para a frente, jogando o cara sobre o ombro esquerdo, e chutar a glote dele assim que caísse no chão.

Teria dado certo, eu acho. A menina foi mais rápida e acertou três cuteladas sucessivas no pescoço do camarada, numa velocidade absurda. Mal percebi os movimentos, apenas o impacto.

Fui carregado até uma porta de serviço. Disse a ela que, em vista da demonstração com os seguranças, a última coisa de que precisávamos seria ficarmos encurralados numa saleta. Mas entramos, de qualquer jeito.

E o som do lado de fora cessou. À nossa volta, uma sala enorme – na verdade, um tipo de caverna – e muita gente atarefada andando para lá e para cá. No centro do aposento, uma coisa estranha: duas figuras, duas silhuetas vivas. Homens, imaginei. Ao menos um deles tinha a estatura de um gigante, mas humano, apesar das feições indecifráveis. O outro era como um macaco ou algo assim. Suas mãos, projetadas à frente dos corpos, desapareceram num halo luminoso que vibrava. Parecia que disputavam um tipo de queda de braço ou partida de sumô, rostos borrados, sem consistência, como se, ao mesmo tempo, estivessem e não estivessem ali. O pessoal no treinamento da Intempol tinha um nome para isso, *estado de fase*. Em torno dessa instalação, um cavalete garantia um perímetro de segurança para os transeuntes, que passavam sem prestar muita atenção àquela coisa inusitada.

– Que diabos é aquilo?

– Ninguém sabe ao certo, mas ajuda a manter as luzes acesas de vez em quando – respondeu Olga, apontando para alguns fios, "gatos", conectados ao solo, próximos aos pés dos sujeitos. – Parece um tipo de anomalia espaço-temporal. Dois caras que ninguém sabe quem são, provavelmente agentes da casa. Alguns dizem que eles estão fora de fase com o *continuum* espaço-temporal e que devem estar jogando um ao outro cada vez mais longe no futuro, num processo interminável. Sei lá o que diabos é, mas produz muita energia, e a gente usa como gerador de emergência.

Mais tranquila, mas ainda segurando minha mão, a moça se aproximou de outra porta e pressionou os nós dos dedos contra a superfície, sussurrando algo ininteligível. A divisória deslizou para dentro da parede. Em seguida, virou a mão pequenina para mim, deixando que percebesse as pequenas tatuagens azuladas entre as rugas das falanges. Pareciam runas druídicas, mas diferentes, formadas por três ou quatro bastões com características contemporâneas, como serifas finalizando as hastes horizontais. Os eventuais elementos circulares eram entrecruzados com os verticais, deixando os horizontais livres. Olhando melhor, também pareciam homenzinhos correndo atrás de búfalos em miniatura. Ou notas musicais de uma sinfonia marciana.

– Bem-vindo ao Departamento M. Eu trabalho aqui.

– O departamento que, dizem, mexe com magia. E por isso chutou a cara dos sujeitos lá fora.

– Eles não me conhecem e não temos tempo a perder com checagem de IDs. É mais fácil do jeito que fizemos porque, geralmente, estão preparados para ataques de origem arcana, logo, uns bons murros são mais eficazes. Vem, precisamos encontrar o chefe.

Chegamos finalmente a uma porta pesadona de madeira de lei, ornada com entalhes esquisitos e ferrolhos de ferro representando cabeças de touros. Olga não bateu, foi entrando. Fomos recebidos por um velhinho de barbas brancas, casaca preta e calças vincadas. Atrás dele, duas outras pessoas, uma mulher enfiada num macacão azul tão justo que dva para ver os mamilos, e um careca esquisito, cheio de tatuagens coloridas na cara, incluindo as pálpebras, com detalhes tão pequenos que dava para imaginar a dor de cada espetadela. O velhinho parecia Papai Noel numa propaganda da Coca-Cola. Só que não.

– Muito bem, Olga, você o trouxe como o combinado.

E estendendo as mãos para mim, pedindo um abraço, completau:

– Bem-vindo de volta, Carlo. Bem-vindo, meu filho. Bem-vindo, Messias.

⁂

– Quer mesmo saber do que se trata tudo isto? – disse Hitler. – É apenas uma questão de ordem e progresso.

Skorzeny e Houdini estavam parados no mesmo lugar. Speer, Le Corbusier e Guimarães sentaram em poltronas. O ditador austríaco, ex-pintor e atual hospedeiro de uma consciência estranha, continuou:

– Faça as contas e diga quantos planetas você conhece iguais à Terra. Nenhum. Pois é, esse é o grande segredo que os yithianos descobriram em suas viagens pelo cosmo. Incontáveis mundos, sóis e sistemas, mas nenhum, nada comporta vida tão complexa quanto à existente aqui. Este planeta é único.

Skorzeny não pôde evitar de interromper Hitler:

– Como? Pensei que os yithianos fossem alienígenas.

Guimarães pigarreou:

– Cala a boca, Otto!Oo melhor ainda está por vir.

– Nós surgimos aqui – continuou Hitler –, depois fomos para o espaço e conquistamos vários sistemas. Mas este é o nosso lar. Porém, sempre é muito mais interessante criar certa mística a respeito de nossa origem. Impõe mais respeito.

– Eu conheci o *fürher*. Ele nunca foi igual a essa coisa deplorável, falando besteiras. Vamos direto ao assunto: o que querem de mim? Por que ainda não me mataram?

– Eu gosto desse cara, sabiam? – disse Guimarães, irônico. – Não matamos você porque queremos que mate para nós. Não é óbvio? No final, tudo se resume a quem come quem. Em todos os sentidos. Quanto ao nosso amigo Adolf, você está certo e errado ao mesmo tempo.

Speer pediu a palavra com um gesto contido da mão esquerda.

– Conforme foi dito, na nossa realidade nunca houve um Terceiro Reich. A Alemanha se levantou economicamente com auxílio da Inglaterra, como parte de um plano de expansão imperialista que barrasse um possível avanço dos soviéticos pelo continente. Esse Adolf Hitler era um artista plástico...

– De gosto duvidoso, segundo alguns críticos – interrompeu Hitler. Le Corbusier levou a mão direita ao rosto, disfarçando uma risada com um pigarro enquanto Speer retomava o discurso.

– Tratava-se de um artista plástico não muito bem-sucedido na carreira. Pensamos que seria a personalidade ideal para convencê-lo de seu papel nesse jogo complexo, plurifacetado.

Guimarães se levantou da poltrona e deu um passo à frente:

– É claro que não foi apenas para isso que o recrutamos, Otto. Você não é tão importante assim. Usamos Adolf e seu hóspede auricular toda vez que necessitamos de um Hitler alternativo que mude a maré de certa Linha Temporal Alternativa a nosso favor. Mas nada disso interessa agora. A verdade, caro marechal, é que precisamos do senhor ao nosso lado para evitar o Kali Yuga.

– Evitar o quê?

Guimarães virou-se para Speer e comentou em um tom de voz mais baixo:

– E vocês nórdicos se gabam de sua alta cultura. Conversa. São tão bitolados quanto qualquer povinho metido a governar o resto do mundo – e voltando para Skorzeny, completou: – Ragnarok. Gotterdamerüng. Fim do mundo. Deu pra entender agora ou quer que eu desenhe?

Houdini mal conseguia segurar o riso. Aquilo estava cada vez melhor. E o idiota do Skorzeny estava caindo na fanfarronada.

– Ahura Mazda, meu amigo, é o caminho do *Bem*, segundo os mesopotâmicos do século VII a. C., que se antepõe a Arimã, o princípio do *Mal*, a entropia. Ao que parece, ou seja, até onde nossa parca astronomia sabe, o destino de todos os planetas é tornar-se uma cópia de Marte ou, na melhor das hipóteses, manter-se como um gigante gasoso, como Júpiter. Não estava nos planos de nosso Universo um planeta como o nosso. A Terra, marechal Skorzeny, é um planeta doente. Contraiu uma infecção extremamente contagiosa chamada vida.

– Imagine – prosseguiu Guimarães – que seu corpo todo está tomado por um fungo que nenhum antibiótico elimina e que provoca uma coceira que faria você se esfregar num ralador de coco até sangrar. Visualizou? Agora saiba que você não tem dedos, mãos, braços ou pernas. Os anos passam, viram séculos, milênios. Os fungos viram florestas, cortam sulcos na sua pele, por onde correm veios de pus líquido que alimentam mais e mais colônias de parasitas num crescimento desordenado. Você já está enlouquecido de agonia, queimando de febre, com suas funções e futuro irremediavelmente alterados até que surge uma esperança. Nascem os parasitas dos parasitas. Criaturas ambulantes que se alimentam do fungo que nasce em seu corpo. Você observa e espera porque sabe que essa é a única saída para acabar com seu sofrimento. Uma hora um desses novos seres dominará todos os outros e serão os candidatos perfeitos para devolver o equilíbrio natural do cosmo. Você vai esperar até que eles devorem todo o fungo em sua crosta e, em seguida morram de fome. Tudo, então, voltará ao normal.

E então, Guimarães fez uma pausa. Apreciou os rostos tensos a sua volta e acendeu o cachimbo, tragando uma baforada.

– Mas aconteceu algo inesperado: esses novos fungos, Otto, descobriram um jeito de viajar no tempo por entre dimensões paralelas. Encontraram outras realidades e decidiram que seria muito melhor não morrer de fome, mas consumir tudo. Afinal, são infinitas possibilidades e, mesmo que eventualmente nossa Terra natal for sugada até os ossos, sempre poderemos nos mudar para um mundo paralelo. Seremos reis de todos os mundos possíveis.

– Uma facção de yithianos não gostou nem um pouco disso. Apesar de terem como garantido que herdarão a Terra num futuro remoto, esses afobadinhos decidiram que não poderiam arriscar que nós, os parasitas dos parasitas, destruíssemos tudo antes que chegasse a vez deles. Como resultado, saíram recrutando algumas entidades de Linhas Temporais Alternativas – a sua entre elas – e investiram num ataque em várias frentes contra a Intempol, que eles consideram a versão *upgrade* do fungo chamado espécie humana.

Guimarães deu como terminado o discurso e voltou à poltrona. Deixou que Speer terminasse o serviço.

– Marechal Skorzeny, sabemos que os yithianos prometeram ao senhor uma realidade onde o Reich duraria mil anos, mas acredite, não está nos planos deles deixar nenhum de nós vivo. Somos a praga que infesta o jardim e devemos ser eliminados o mais rápido possível. Prevíamos esse enfrentamento e desenvolvemos uma arma humana capaz de combater esse conglomerado de inimigos. Trata-se de um *homem tesseract*, capaz de se teleportar sozinho sem o auxílio de caixas registradoras, as tradicionais máquinas do tempo portáteis, ou cartões cronais, resultado do cruzamento das tecnologias da Intempol e de várias outras agências temporais contra as quais já nos batemos. Eles compreenderam o perigo e resolveram deixar de lado as divergências em prol do bem comum.

Houdini finalmente via a luz no fim do túnel e começava a entender algumas coisas. Interrompeu Speer:

– Algo deu errado, não é? Vocês querem que Skorzeny invada a sede da Intempol e mate esse *Übermensch* de vocês. Vocês se acham o tal caminho do *Bem*, enquanto seus inimigos seriam a encarnação da entropia, o *Mal*.

Guimarães voltou a acender o cachimbo, que havia apagado durante sua fala.

– Não, senhor Houdini. Não somos nem Ahura Mazda, nem Arimã. A Intempol vai além dessas coisas.

Todos os meninos escolhidos são órfãos de pai, donos de um perfil psicológico fragilizado e de coragem motivada pela fome. Em cada realidade, um garoto pobre é selecionado como âncora para o meu teleporte. Trata-se de uma versão pós-moderna e multidimensional de *O Príncipe e o Mendigo*.

O que é uma âncora para teleporte? Depois explico.

Falando nisso, agora é a hora certa de ser didático. Desculpem se pareço um pouco chato, mas é necessário para que compreendam o impacto que foi minha primeira transformação física. Prometo que é rápido (mas talvez um pouco doloroso).

Segundo o que aprendi na academia da Intempol, para compreender o funcionamento de nossos equipamentos de deslocamento temporal, é necessário imaginar que a tessitura do espaço-tempo é parecida com a de uma malha composta por fios tênues, porém quantificáveis. Ou seja, assim como a matéria é formada por átomos, o espaço e o tempo são constituídos por filigranas, partículas infinitesimais que contêm parte da *informação* necessária para se identificar o *onde* e o *quando* estamos.

O Universo, em termos temporais, funciona como um computador digital, evoluindo continuamente por meio da escalada de pequenos degraus de informação. Assim, espaço e tempo são formados por *tramas* com uma quantidade específica de *fios*. Com a tecnologia apropriada, um indivíduo pode escolher um *fio* e trafegar pelo tempo, como um bonde andando sobre trilhos.

O dispositivo padrão de traslado temporal da Intempol, nossa máquina do tempo portátil, é composto por uma caixa registradora e um Cartão Cronal, que aciona um fluxo TAT – associações trapezoidais de transistores – sobre uma matriz transistorizada. Com esse sistema, agrega-se em um mesmo ambiente todas as etapas do salto quântico cronal, desde o cálculo do TAT equivalente, passando por etapas de geração automática da (des)construção da matriz – ou seja, o corpo do viajante e suas roupas –, o posicionamento das células e o respectivo roteamento.

A caixa registradora se baseia em um circuito analógico codificador-decodificador com potenciômetros e frequenciômetros acoplados, previamente projetado e adaptado para selecionar o *fio* sobre o qual o viajante deseja saltar para o passado ou futuro, graças aos dados digitados no corpo da máquina. O passado é destino certo, sem grandes possibilidades de erro, afinal, ele já aconteceu na Linha Temporal do viajante. Mas o futuro é um tiro no escuro, já que, de acordo com o segundo postulado da Cronodinâmica Quântica, de Henry Armstead-Gonzales, o inventor da primeira máquina do tempo que conhecemos, o número de encruzilhadas temporais é tão grande que não há garantia absoluta que o viajante chegue ao ponto exato que pretendia do futuro.

É por isso que, nas dependências da Intempol, o salto aleatório é proibido e deve acontecer em salas especiais, porque assim se evita a criação de paradoxos dentro da própria Empresa.

Existem também os implantes inseridos cirurgicamente no cérebro, artefatos que permitem ao usuário se deslocar pelo *timestream* sem a ajuda de caixas registradoras e Cartões Cronais, porque transformam o próprio cérebro do viajante numa réplica virtual da Caixa, focando os objetivos e direcionando o fluxo de teleporte. O viajante pensa no objetivo e imediatamente é teleportado. O lado ruim disso é que, dizem, poucos agentes mantiveram a sanidade depois do uso prolongado.

Pois é. Os implantes foram inseridos em meu cérebro três dias depois da revelação. Pensei: "Virei uma máquina, um instrumento, um treco qualquer!". Depois percebi que era apenas uma questão de mudança de direcionamento profissional. Se antes eu era um agente de campo Nível 4 da Intempol, capaz de viajar no tempo por meio de máquinas portáteis e dono de um arsenal razoável, agora eu era talvez o maior quebrador de queixos da História. M, o velho chefe do departamento homônimo, explicou o que estava acontecendo, e, sinceramente, achei o máximo.

Agora, como prometido, a tal *âncora de teleporte.*

É um duplo genético que permite que você *pule* entre dimensões. Um clone jovem que funciona como receptáculo para um crescimento super-rápido de *mim*, com todas as alterações efetuadas *a posteriori*. Num momento, o guri é ele, no outro, graças a uma palavra-código subliminar, ele cresce e se desenvolve em mim. Ele se *transforma* em mim.

Você perguntaria: e a caixa cronal não faria o mesmo efeito? Sim, mas há um ganho na utilização das âncoras. A cada teleporte induzido, há toda uma renovação. As células velhas e doentes são trocadas por material novo, mais resistente, mais rápido, melhor. Eu melhoro fisicamente, a interface com os implantes fica mais rápida e isso se reflete em minha percepção sensorial. Digamos que, hoje, depois de três teleportes por âncora, enxergo os mundos, seus problemas e soluções de maneira muito mais clara.

Até o momento do encontro com os figurões do Departamento M, eu acreditava que meu recrutamento pela Intempol, ocorrido quando completei vinte e um anos, tinha sido resultado de uma escolha mais ou menos impulsiva da parte de Valladão, meu chefe direto. Agora sei que nada é por acaso.

Sangue O positivo, ambidestro, reflexos e resposta de pupila acima da média. Tudo isso eu ganhei ao nascer. Teleporte temporal mental, capacidade de projeção telecinética, força física de três homens, velocidade de ação acelerada, memória ampliada com capacidade quase ilimitada de armazenamento em *wetware*. Esse é meu novo eu.

Isso pede um novo currículo.

Depois do fim do mundo, Carlos estava sentado diante do homenzinho babão e não gostava nem um pouco do que via. Se aquilo era a perfeição evolutiva, não estava nada feliz com Darwin. Sua larva, aquela que havia saído dos restos do crânio esfacelado de Maria, estava travando contato íntimo com outro bicho parecido, só que muito maior, saído de um rádio transistorizado. As duas pareciam estar conversando. Ou então era a trepada mais esquisita que Carlos já vira.

– O senhor é nossa última esperança – disse o yithiano com olhos vítreos –, antes do desastre final. Nós o salvamos de seu mundo moribundo, daquela realidade frágil construída a partir de seus desejos e dúvidas, para tomar parte em uma contenda. Trata-se de uma partida de xadrez multifacetada que ocorre em vários níveis temporais e que exige peças, soldados, altamente competentes, capazes de adaptação automática a novas diretrizes e extrema versatilidade de raciocínio. Seu prêmio será, claro, um mundo perfeito, sob medida para seus desejos e vontades.

– Dá pra ser mais direto e dizer onde tenho de ir e quem tenho de matar em prol do bem comum?

O homem salivante empurrou uma foto de Skorzeny.

– Ah, certo – disse Carlos. – Em Buenos Aires, né? Engraçado como certas pessoas nasceram para ser assassinadas.

O homenzinho deplorável levantou os olhos lacrimosos.

– Para nós, senhor, todos são assim.

Sobre a mesa, as lacraias continuavam sua dança.

Olga Maria Pires sentia que a rede estava fechando. Se ela seria o peixe da vez, ainda não tinha certeza, mas não ficaria parada assistindo de camarote. Já havia vivido muito, visto demais e... Como era mesmo aquele comercial besta? Não desistiria nunca.

Ela havia chegado à Intempol como um reles material de barganha para convencer seu ex-marido, um detento da Prisão dos Homens-que-Nunca-Existiram, a cumprir uma missão suja. Com o tempo, seu talento foi reconhecido pelo Departamento M, e depois de muito treinamento específico, ingressou como agente especial. Ganhou um novo corpo, uma menina dos subúrbios do Rio de Janeiro na década de 1980, e algumas missões perigosas.

Mas nunca havia esquecido, nunca havia perdoado. E agora, talvez, fosse a hora de vingar seu marido.

Certificou-se de que Carlo estivesse dormindo profundamente, levantou-se da cama e se dirigiu à área de serviço do apartamento que dividiam.

Dispôs várias garrafas com produtos de limpeza numa ordem específica e entoou um cântico por exatos quinze minutos. Uma flama azulada correu de garrafa em garrafa parando um pouco para consumir alguns materiais pouco inflamáveis, como ossos humanos e ferro. No centro da fogueira ritualística, Olga jogou um tufo de cabelos de Carlo, recitando um feitiço mnemônico que ficaria plantado como uma bomba-relógio no subconsciente do homem adormecido.

Procedimento padrão do Departamento M.

M de magia.

M de Messias.

Depois que a última brasa se apagou, Olga já estava a caminho de casa e o plano estava traçado. A máquina mortífera da Intempol, o Prometido, o Salvador, entraria em contato com sua versão anterior portando um presente capaz de iniciar o processo que culminaria com o fim da Empresa. Ela se tornaria a encarnação da morte e, multiplicada por três, influenciaria todas as Histórias, criaria mundos. Mas não como Olga, essa identidade idiota, criada para afogar seu ódio.

M de Maria.

Virgulino Ferreira ficaria orgulhoso.

VIII: FAVORES, FERIDAS E FAMÍLIAS

ACORDO, MAS NÃO acordo. Levanto da cama, tomo uma ducha, saindo pronto do banheiro, barbeado e vestido.

Ando pelos corredores brancos acenando eventualmente com um sorriso.

Os dados de Maria Gomes de Oliveira vêm rápido.

Nascida em 8 de março de 1911, numa fazenda em Santa Brígida, Bahia, filha de pais humildes, Maria Joaquina Conceição Oliveira e José Gomes de Oliveira. Casou-se aos quinze anos com o sapateiro José Miguel, conhecido como Zé Neném. O casal não teve filhos. Zé era estéril.

Encontrou Virgulino Ferreira em 1929, quando o bandido mais famoso do sertão passava com seus bandoleiros pela fazenda. Ferreira era antigo conhecido da família Oliveira. Apaixonaram-se à primeira vista.

Um ano depois, Ferreira a convidou para ingressar no bando. Foi a primeira mulher a fazer parte de um grupo do cangaço. Teve uma filha, Expedita, e sofreu três abortos. Em sua carreira de oito anos como cangaceira, foi ferida por bala apenas uma vez.

No dia 28 de julho de 1938, como resultado de uma emboscada, o casal foi executado e suas cabeças levadas como prêmio.

Segundo os médicos que fizeram a autópsia, Maria Bonita foi degolada viva.

Mas essa foi outra mulher. A Maria que encontro na Prisão é uma jovem de vinte anos e expressão desafiadora, que jamais será decapitada.

– Olá, dona Maria – disse, depois de avaliar e escolher as palavras. – Sou o encarregado de seu bem-estar na Empresa. Qualquer coisa que precisar, é só pegar aquele telefone ali e aparecerei em seguida.

Sento num sofá e continuo:

– Mas tenho outros assuntos para tratar com a senhora neste momento. Como sabe, seu marido está cumprindo uma missão para nós, e a princípio, estamos bastante confiantes em seu sucesso. Mas há uma vertente aqui na empresa que acredita na necessidade de um tipo de, como direi, preventivo. Sim, sei que na nossa linha de trabalho, dúvidas sobre o futuro são raras, mas parece que há leituras erráticas no fluxo de táquions que nos impedem de saber com certeza o resultado das missões ligadas ao dia 15 de julho de 1945, que é quando seu marido está.

Mantenho os olhos grudados nela, tentando captar os movimentos, por menores que sejam. O corpo fala mais que a boca, na maioria das vezes, mas a mulher é uma estátua.

– Dona Maria, sei que é difícil acompanhar meu jargão, mas preciso que compreenda e aceite o que vou propor agora. Meus superiores acreditam que a senhora deve ir ao encontro de seu marido, dar-lhe um presente para garantir o sucesso da missão.

– E que presente seria esse?

Tiro do bolso o inseto que ela mesma me deu, num futuro-distante-próximo-passado-impossível. Ele é viscoso e se contorce.

– Nada demais, senhora – digo enquanto aperto seu pescoço com força. Ela se debate, tentando me acertar um chute entre as pernas. Eu deixo que atinja o alvo só para provar a mim mesmo que não sinto nada.

É verdade. Lá embaixo está tudo morto. Tenho de me lembrar de rezar uma missa para meu pau qualquer hora dessas. Mas no momento preciso dar atenção à operação difícil de enfiar o verme pelo ouvido de Maria. Ela ainda não é a máquina-de-guerra-de-uma-mulher-só que se tornará no futuro – ou em um futuro –, mas dá uma trabalheira dos diabos.

Na verdade estou retribuindo um favor. Dou a ela a chance de ser alguém maior, uma mulher completa. E mais: o nosso futuro. No fim, trata-se de um ato de amor. Eu acho.

O bicho abre caminho e os olhos da moça viram nas órbitas,

como se quisesse ver o que se passa dentro de sua cabeça. Seguro o pescoço até me certificar que o processo se concluiu. Dentro de minhas atuais possibilidades, deito-a na cama com cuidado.

Espero por duas horas. Ela acorda. Mudada, bem disposta.

– Oi, Carlo – ela diz. – Vamos encontrar meu marido?

Não sorrio mais, mas acho engraçado mesmo assim.

– Você vai sozinha, Maria. Eu tenho de resolver outras coisas antes de encarar o neandertal.

Entrego a ela um cartão cronal e uma caixa registradora pirata, sem número de série. Não preciso explicar o funcionamento do aparelho, pois toda a informação necessária está na lacraia alojada em seu cérebro. É quase como uma CPU em paralelo com o *wetware*, muito mais espaço de HD. Memória, memória, memória. Eu e Maria lembramos de vidas, de civilizações, histórias, de dores que não são nossas, mas que são também.

Choramos por nossas perdas individuais, mas em compensação, os ecos de outras vozes em nossas cabeças dão uma confortável sensação de comunidade. A foto de uma turma de colégio que nunca se separou, que nunca levou vidas individuais medíocres, todos felizes e bem alimentados, juntos.

Eu digo "boa sorte" quando ela se desmaterializa, mesmo sem entender o sentido do termo. Hábitos.

Maria voltaria no tempo três vezes. As criaturas que a recepcionaram em Buenos Aires foram solícitas e, além de explicarem o que deveria fazer, ensinaram como replicar-se em três cópias, sobrepondo linhas temporais. Para completar a missão, seriam necessárias duas cópias. Jogo completo, com vermes no cérebro e tudo mais. Mas antes, precisaria parar o carro.

Era um Volvo 67, o primeiro produzido com terminais computadorizados, rodando pelas ruas de Buenos Aires, em 1951. Uma anomalia temporal, mas que passava despercebida, principalmente à noite. No volante, Carlos Lamarca se espantou quando os faróis iluminaram a mulher parada no meio do cruzamento entre as quase desertas avenidas Callao e Corrientes. Desviou, perdeu o controle e colidiu o carro numa parede. Houdini, com a testa arrebentada de encontro ao painel, desmaiou. Eva e Ferreira, no banco de trás, bateram os rostos nas poltronas da frente e nas laterais do carro, quebrando narizes e marcando as cabeças com hematomas.

Ferreira, porém, saiu do carro de arma em punho, pronto para atirar. A visão de Maria, parada no meio dos paralelepípedos, os pés cercados de coisas gosmentas de tamanhos variados, foi o suficiente para bloquear seus movimentos. Maria deu um passo em sua direção e levou a mão esquerda ao pescoço.

De dentro do carro tombado, com as pernas imóveis, presas nas ferragens, Lamarca disparava a Luger por trás do para-brisa, acertando seis balas na mulher. Enquanto outros carros desviavam do cenário do conflito, tentando manobras desesperadas como marchas a ré e cavalos de pau, Ferreira apontou a arma para Lamarca.

– Para de atirar, macaco filho de uma égua! Aquela é minha mulher!

Lamarca gritou em resposta, virando a arma para Ferreira:

– Tá maluco? Essa não pode ser sua mulher. Fica quieto aí ou estouro seus miolos. Não tem como errar de onde estou.

Mesmo com toque de recolher, a cidade de Buenos Aires de 1951 não estava totalmente morta à uma da manhã. Logo o som de sirenes despontou.

A mulher deu cinco passos em direção a Ferreira.

– Presta atenção, idiota – gritou Lamarca. – Sai da frente para que eu possa acabar com ela antes que ela acabe com você!

Maria parou, colocando-se atrás de Ferreira. Agora não havia mais volta.

O ex-cangaceiro estava dividido. O instinto dizia que deveria correr, matar todo mundo incluindo Maria, e fugir dali, mas outra força desconhecida o imobilizava: medo. Só se deu conta que uma lacraia caminhava pelo ombro, perto do pescoço pouco antes de mijar nas calças.

Carlos Lamarca não entendeu o que estava acontecendo com Ferreira, muito menos como a mulher que estava atrás daquele assassino poderia aparecer a seu lado.

As quatro entidades encontraram suas vítimas e quatro mundos baseados em memórias e afetos tiveram início. As Marias e seus hospedeiros iniciaram a entropia, deixando quatro corpos inconscientes nas mãos da polícia de Buenos Aires. A partir dali, as vidas de Virgulino Ferreira, Carlos Lamarca e Eva Duarte aconteceriam em planos diversos, onde seriam deuses inconscientes de sua onipotência. Harry Houdini, porém, seria peão nos sonhos de criaturas que só podemos conceber como metades desencaixadas de espaços negativos.

A Maria original, presa apenas pelo fator de eterna repetição de seu destino autoimposto, dirigiu-se para seu futuro, no passado, onde encontraria uma adolescente num subúrbio do Rio de Janeiro, uma menina que seria seu rosto por muito tempo, enquanto esperava pela primeira visita de Carlo Costa.

O homem mede o mundo complementando os vácuos de seus sentidos. As coisas também são o que não são, mas deveriam, em decorrência dos objetos que existem para elas. Por exemplo: uma árvore não é apenas a junção de tronco, galhos, folhas, eventuais frutos e flores. Ela também é a raiz invisível e, pior, o espaço vazio entre os galhos, a planificação etérea definida pelos extremos dos ramos. A árvore, e tudo mais, existe na mesma medida em que seus espaços vazios nos comprovam que o cheio deve estar ali. Por isso o futuro sempre é, enquanto o passado existir, para definir os contornos vazios das formas que deveriam ser.

– Coisa mais chata, hein? – falou Valladão.

A árvore é Carlo Costa e os espaços vazios estão tomando conta, definindo sua consciência. Valladão gostava do mundo fazendo algum sentido, mesmo que fosse a via de mão dupla nos corredores da Empresa. Agora, diante do homem que podia andar sozinho pelo tempo sem o auxílio de máquinas, a sensação de perda de controle era maior do que estava acostumado. Mas, claro, sempre havia a esperança de se ater ao futuro já vivenciado. Em dúvida, lembre-se que você já esteve no futuro e que ele era sempre o mesmo, a não ser uma ou duas vezes. Mas não foi nada que uma pequena manipulação não consertasse. O problema é que, desta vez, o futuro já parecia comprometido com outros afazeres, comparecendo a outras festas, fechando acordos com outras empresas, recebendo uma propina por fora.

– Vai ficar muito tempo aí parado?

– Não estou parado, Valladão. E também não estou aqui.

– E posso saber onde você está? Você deveria ser nossa esperança de consertar a bagunça que aqueles aliens estão fazendo.

– Estou com um sujeito peludo, em guerra, fechado num ciclo eterno. Nosso duelo acontece logo ali adiante, na entrada do Departamento M, mas ninguém sabe que sou eu. Sou uma singularidade. Estou na sua sala recebendo ordens para uma missão que vai me transformar. Estou sendo contatado por você para entrar na Empresa. Estou lutando contra um débil mental...

– Chega. Já me convenceu. Vou dizer o pouco que sei. Talvez comparando notas, possamos desatar o nó da armadilha em que nos jogaram.

– Nós? Não sou, nunca fui, uma parte. Consigo ver o todo. Eu *sou* o todo.

– É coisa nenhuma. Até ontem era um agente remelento que eu convidei para ingressar na Intempol. E se você é *tudo*, ainda é o mesmo moleque atrapalhado. Agora cala a boca e responde...

– Sabe qual é o parasita perfeito? – perguntou Guimarães.

– É aquele que não mata seu hospedeiro – respondeu Skorzeny. Houdini cansou de ficar de pé e procurou uma cadeira. Nenhum daqueles homens parecia particularmente impressionante. Se eram mesmo tão importantes como pareciam, por que eram tão feios? Esperava mais da estética do século XX. Ferreira e Lamarca eram donos de feições brutais, mas isso era compreensível, já que nunca passaram de soldados de um tipo ou de outro. Os demais eram chefes de estado, intelectuais e artistas, mas como exemplos de beleza física, deixavam a desejar.

– O parasita perfeito não se importa com o destino do hospedeiro, Otto. Ele mata, suga até a última gota e pula para a próxima vítima, repetindo o processo ao infinito, fortalecido a cada assassinato. Esse é o destino do homem, esvaziar a Terra e seguir adiante.

– Nunca ouvi falar disso – respondeu Skorzeny. – Não faz sentido. Até onde sei, não há planetas próximos para os quais a espécie humana possa migrar.

– Aí é que reside o ponto nevrálgico de sua situação – interferiu Speer, com os olhos arregalados, brilhando. – Você não sabe nada.

Não precisamos viajar até o mundo espacialmente mais próximo. Ele, todos eles, estão ao nosso lado, pacientemente esperando que alguém chegue lá e tome posse. E podemos fazer a travessia. Não importa o que acontece com esta Terra, já que ela é apenas uma. Devemos seguir adiante, sempre.

Le Corbusier tomou a palavra, com um pigarro.

– Encare os universos como um bazar entulhado. Terras demais, gente demais, coisas demais. Para quê tantos candelabros, tantos papéis de parede com estampas minúsculas, detalhadíssimas? Para quê tantos bichos, tanto aperto? Como apreciar a boa arte, digamos, uma tela de Klee, se a parede está entupida de coisas inúteis competindo por sua atenção? Limpemos a casa, arejemos os espaços. Algumas Terras a menos podem até fazer bem no cômputo geral. Afinal, menos é mais.

Houdini estava enfadado. Não se tratava mais de uma conversa, mas de um incessante discurso de intenções políticas, com todos os chavões hipócritas que ouvia desde menino. Passou a dedicar sua atenção às pessoas que passavam do outro lado da porta, aparentemente insensíveis ao que acontecia dentro da sala. Uma coleção de homens e mulheres vestidos com roupas quentes demais para o que se esperaria de habitantes da América do Sul, como se acreditassem viver num clima mais frio. As testas franzidas, sulcadas, andando para lá e para cá, carregando o que podiam, quadros, mesas, tapetes, um saque total da Casa Rosada. Foi quando viu três figuras vindo do corredor em frente, em linha reta, sem desviar um milímetro. Infelizmente, Houdini só percebeu que o homem que estava à frente do grupo era Lamarca quando a bala atingiu sua testa.

A cadeira de espaldar alto, encrustada com detalhes que fariam Le Corbusier ficar zangado, foi jogada para trás, chamando a atenção de todos os ocupantes da sala. O primeiro a reagir na base do instinto foi Guimarães, sacando a Terminator 25 mm que trazia sob o paletó e despejando uma rajada curta, que pegou em cheio um dos invasores, manchando a parede e o batente da porta com um jato de sangue. Algumas pessoas que passavam atrás, ainda inconscientes da existência da porta aberta e do que ocorria dentro do aposento, foram respingadas pelo sangue, mas nem por isso alteraram seus afazeres.

Skorzeny se jogou sobre Hitler, e só depois que ambos estavam deitados protegidos pela mesa de mogno tombada, pensou que aquela era uma atitude idiota, que estava se arriscando por um boneco. Mas o hábito foi mais forte. Decidiu levantar e ajudar Guimarães, porém foi impedido pela explosão da janela às suas costas enquanto uma dupla de vultos entrava atirando.

O segundo companheiro de Lamarca foi atingido vinte vezes, e o brasileiro, pernas abertas, braços estendidos para frente, sem se importar com a balbúrdia e as balas perdidas, fez pontaria com sua 45, acertando um dos recém-chegados antes de ser abatido por uma rajada. O fato do homem alvejado por Lamarca sequer dar um passo atrás não desmereceu a maestria do disparo.

O invasor ileso se aproximou do corpo de Lamarca. Gritou para Guimarães:

– Levanta, porra! Tá dormindo?

– Valladão? – Guimarães levantou o mais rápido que pôde. A pior coisa do mundo era um ex-subalterno recém-promovido. O sujeito sempre fica arrogante e é melhor nunca permanecer muito tempo numa posição de inferioridade diante dele, mesmo que tenha salvo sua vida uma ou duas vezes.

– Como chegou aqui? Como sabe a respeito desta Linha Temporal?

Valladão, sem tirar os olhos de cima de Lamarca, respondeu:

– Aquele cara ali atrás. Pergunta pra ele.

Mas não foi necessário. Carlo Costa estava de pé e ileso, ladeado por Le Corbusier e Hitler. Speer, ainda ajoelhado atrás de uma mesa, encarava boquiaberto o salvador, que parecia uma grotesca inversão dos ideais nazistas: um mulato, um mestiço sub-humano com porte de semideus. Atrás deles, visível pela janela estilhaçada, a Plaza de Mayo parecia um inferno, com gente correndo por todo lado, helicópteros e jipes militares trocando tiros e a Catedral Metropolitana e o antigo Cabildo, sede dos primeiros vice-reis espanhóis, queimavam.

– Dá pra explicar o que vocês fizeram com esta Buenos Aires? – perguntou Valladão. – Helicópteros Sikorsky UH-60 Blackhawk, cada um custando por volta de dez milhões de dólares, da Linha Temporal Oficial? Quem está no comando desta operação? É você, Guima? Porque se for, depois eu vou querer uma conversa muito séria com a chefia. Quando tudo começou, desde que recrutei o moleque aqui, eu achava que sabia os detalhes, que estava no controle, mas agora estou mais perdido que cachorro em tiroteio. Ou cego em dia de mudança. Ou sei lá.

Guimarães, olhando para a cara de Carlo Costa e não gostando nem um pouco do que via, respondeu, seco:

– Quer saber o que está acontecendo? Pergunta pro seu subordinado. Ele não sabe tudo?

Costa nem piscou, mas Valladão respondeu.

– Não. Se entendi bem, ele se *considera* Ttudo.

Em pouco tempo, o grupo formado por Guimarães, Carlo Costa, Valladão, Skorzeny, Albert Speer, Le Corbusier e Carlos Lamarca, ferido e perdendo sangue, saiu da Casa de Gobierno e seguiu a pé pela Avenida de Mayo até a Plaza del Congreso, em frente ao Congreso Nacional. Ninguém os enxergava.

– Ei, soube de um truque novo que nossos colegas da Megiddo Mangiare andam produzindo há tempos, mas nunca liberaram pra gente – disse Guimarães.

– Você sabe muito bem que detesto aquele povo. Aliás, detesto tudo relacionado a este caso: alienígenas, nazistas, traficantes...

– A recíproca é verdadeira, Valladão, você já deu grandes prejuízos para eles. Mas esse treco do qual estou falando seria de grande ajuda. Imagine que ele pode, pelo que entendi, envolver os usuários em uma bolha de singularidade enquanto o resto do ambiente fica em estado de estase, congelado, o que é melhor que nosso atual sistema de invisibilidade por fase temporal. Experimentei lá na Casa Rosada e não me pergunte como funciona, mas dá certo. Por isso decidiram não compartilhar o bagulho conosco, acredita?

– Acredito. Mas o melhor é que não precisamos disso. O Carlo aqui pode fazer algo parecido. Ou você acha mesmo que, no meio dessa zona, nenhuma bala perdida acertou a gente por obra e graça do Divino Espírito Santo? Falando nisso, se eles não liberaram pra gente, como você conseguiu botar a mão num bagulho desses?

Carlo Costa olhou por sobre o ombro direito, enquanto carregava Lamarca sem esforço. Era verdade, eles não estavam fisicamente ali, mas também não eram intocáveis. Apenas outras pessoas ou veículos que compartilhassem suas frequências vibracionais poderiam travar contato físico. Balas, porém, não estavam no cardápio.

– Peguei emprestado de um sujeito que não precisava mais – disse Guimarães.

Em um sábado, agosto de 1974. O superintendente Freitas se dirigia à casa da irmã, em Nova Iguaçu, num DKW. A seu lado, a caixa registradora e o cartão cronal descansavam no banco do carona. No dia anterior, estivera presente na inauguração do Viaduto da Mangueira, mais uma obra faraônica com vias sobrepostas que acabou parecida com um laço de presente de Natal no meio do bairro do Engenho Novo, símbolo do desenvolvimento do Brasil durante o governo militar. Uma verdadeira conquista na marcha progressista. Muita falação, obra horrorosa e discurso enorme. Freitas detestava cada um desses eventos populistas, mas reconhecia que preferia isso a qualquer missão de campo em outras épocas. Que os caxias como Anderson ou Fraga pegassem o trabalho duro. A especialidade dele era outra.

Mas a chateação fora ontem. Hoje era dia de descanso, de feijoada, de cervejinha. A não ser que houvesse uma emergência de seu outro trabalho, nada o impediria de ver a sobrinha. No banco de trás do automóvel pequeno, despretensioso, viajava uma sacola da Sloper, uma loja de departamentos de certa fama na época, com um presente. Uma camisola francesa que tinha chegado da Zona Franca de Manaus. Uma beleza. Tecido diáfano. Só não sabia afirmar se o presente era para ela ou para si próprio.

Freitas cuidava da família da irmã. Arrumou um emprego no Palácio das Laranjeiras para o cunhado inútil e ainda ajudava nas despesas da casa. A única coisa que pedia em troca era alguns minutos de paz de quinze em quinze dias, sem ninguém para incomodar, longe de olhos curiosos, no subúrbio.

Nos últimos meses, a menina desenvolveu, desabrochou. Não agia mais como uma criança desengonçada, demonstrava um desembaraço digno de muita mulher experiente. Uma suspeita passou por sua mente. E se ela tivesse arrumado um namoradinho? Seria possível? Tinha planos para a tarde e para o domingo. Enquanto aproximava o carro da residência da irmã, espantou-se ao perceber a confusão na casa ao lado. Polícia por todos os cantos.

Era exatamente o que não queria, aquele bando de gente em torno de seu oásis. Parou o carro a dois quarteirões, em frente a um botequim. Saiu do automóvel, chegou ao balcão, pediu um café e, como quem não queria nada, perguntou:

– Eita, companheiro, que raios acontece ali naquela casa, hein? Quanta polícia.

O balconista, um negro magrelo com bigode curto sob o nariz largo, resmungou uma resposta ininteligível e saiu do balcão, depois de passar um pano sebento no local de onde Freitas havia acabado de levantar a xícara. Ia chamar o sujeito outra vez, quando uma mão pesada lhe pousou sobre o ombro. Havia uma dupla de sujeitos de cara feia, um gordo e outro magricelo, com jeito de doente, escoltando o recém-chegado.

– Qual é a curiosidade, governador? – perguntou com voz pastosa o homem que parecia o chefe. – Quer saber se a bagunça lhe diz respeito?

Freitas congelou. Apesar de ter reconhecido a voz na hora, não sabia se assumia a própria identidade, apelando para a autoridade do cargo, ou se desconversava. Mas o peso da mão somado à sua experiência como agente temporal e à intuição de político o levaram a deixar as máscaras de lado.

– O que querem?

– Nada demais, seu pervertido escroto – disse o desconhecido, arrancando-lhe um anel da mão. – Vamos trocar presentes?

E se afastou acompanhado pelos dois homens de preto, deixando Freitas com a lacraia no ouvido direito.

IX: DE QUEM É O PLANO, AFINAL?

– Meu – afirmou Guimarães.

Deitado no chão do Porto Seguro de Buenos Aires, afastado dos outros recém-chegados, muito ocupados em tentar salvar a vida de Lamarca sabe-se lá porque, Valladão, como sempre, entendeu tudo tarde demais. Os arquivos desaparecidos de Largo e Machado, a transformação de Carlo Costa, a manipulação de pessoas e eventos em diversas linhas temporais, aquele bando de nazistas por todo lado. Era a assinatura de Guimarães e ele não tinha percebido até aquele momento.

Valladão sabia que os agentes Freitas e Guimarães trabalharam juntos em diversos casos, incluindo alguns passados na Alemanha nazista, como a vez em que Guima usou o tesouro de Rudolf Hess para bancar o Estado de Israel, e graças a isso ambos galgaram degraus na Empresa. Guima contou uma vez, numa noite de bar, que Freitas chegou a superintendente e ganhava mais que todo mundo porque se ofereceu como infiltrado num período delicadíssimo da história do Brasil, o auge da ditadura militar, o Governo Médici, e numa posição de destaque, governador do estado da Guanabara. Freitas tinha um projeto: fundir a Guanabara ao resto do estado do Rio. Testou isso montando uma realidade alternativa que foi apresentada à diretoria da Intempol e considerada mais vantajosa que a vigente.

Foi Freitas quem garantiu os lucros da Empresa às custas da decadência do estado do Rio. Muito dinheiro foi desviado para as caixas da Intempol e de suas subsidiárias quando o *layout* de realidade tornou-se a LT Oficial. Claro que Freitas forrou os bolsos e todo mundo sabia, mas a fortuna que entrou nos cofres da diretoria desculpava qualquer eventual sujeira. Todo mundo estava feliz.

Todo mundo, menos uma pessoa.

Guimarães foi deixado de fora da jogada. E o motivo era simples: em 1945, durante a Operação Hess, Guima testemunhou Freitas, disfarçado como agente do DIP, torturar e violentar uma judia que havia sido deportada para a Alemanha pelo governo Vargas.

A moça não morreu porque Guima chegou a tempo e deu uma surra em Freitas. A camaradagem virou rivalidade. A moça desapareceu da Linha Temporal Oficial, ninguém mais ouviu falar dela, mas Valladão tinha certeza que Guima tinha dado um jeito de protegê-la. Houve um processo movido contra Freitas dentro da Empresa, mas a diretoria engavetou. Freitas era um agente muito valioso para ser trancafiado na Prisão por causa de um ou dois defeitos morais. A Empresa podia arcar com isso, se ele gerasse mais e mais lucros.

Resultado? Foi Guima quem acabou na geladeira. "Promovido para o lado", como o pessoal costumava dizer. Virou Nível 5, comissário, mas retirado daquilo que mais gostava de fazer, as missões de campo. E ainda por cima promoveram Valladão, tornando-o mais requisitado e importante que seu ex-chefe.

Guima, porém, tinha seus contatos, gente que lhe devia um ou dois favores. O principal de seus aliados era o comissário Piper, do braço norte-americano. Guima e Piper, um sujeito acostumado às traições vigentes na Intempol, traçaram um plano complexo e arriscado, mas se tudo funcionasse a contento, o resultado seria uma limpa raramente vista nos corredores brancos da Empresa.

– O principal seria chamar para o jogo o pessoal do Departamento M e toda aquela bobajada que eles chamam de misticismo – disse Guimarães. – Sem o M, seria impossível que as coisas funcionassem.

– Peraí... O que diabos é Departamento M? Nunca ouvi falar disso.

Guimarães bufou, cansado.

– Poucos de nós sabemos. Eles são a agência secreta dentro da agência secreta. Os caras de lá lidam com coisas tão radicais que nosso quotidiano, que já é maluco, parece coisa de jardim de infância. Dizem até que M vem de magia, outros garantem que vem do nome do responsável pela organização daquela bagaça, um sujeito de mais de dois mil anos de vida.

Valladão ecoou o suspiro do colega.

– Quem, Jesus Cristo? – disse, irônico. – Mas o nome dele começa com J.

– Bom, nesta Linha Temporal, Jesus é o nome mais comum, sim. Mas há outras linhas, você sabe. Ele poderia se chamar, sei lá, Emmanuel, e acabar conhecido pela versão aportuguesada: *Manoel.*

– Ah, claro, Jesus Cristo é um Comissário da Intempol.

– Ué, se eu sou, qualquer um pode – e o bigode nietzscheano de Guimarães parecia uma vassoura enquanto gargalhava. A conquista de outras Terras para a humanidade era uma desculpa tão boa quanto vingança pessoal para fazer seu trabalho. O que realmente importava é que aquela bagunça toda era muito divertida.

Lamarca ainda não havia morrido, mas já estava mais pra lá do que pra cá. A lacraia em seu cérebro resolveu que era hora de tentar a sorte em outro lugar quentinho, mas não teve chance. Skorzeny pegou o bicho assim que o viu.

O Porto Seguro era uma singularidade espaço-temporal, com maior ênfase no espaço que no tempo, já que geralmente eram salas grandes, bem equipadas, com frigobar e outros luxos, e adaptável ao número de pessoas que ali chegavam. Se fosse um grupo de dez, a sala se transformaria em algo compatível. Ninguém jamais tentou, mas, a princípio, funcionaria até com uma centena de pessoas. Daria para ficar ali por dias se fosse necessário, cuidando de ferimentos ou descansando. O problema era que os ferimentos de Lamarca eram muito sérios.

– Que tal a câmara de estase? – sugeriu Le Corbusier. – Podemos guardá-lo ali até que apareça uma equipe médica.

– Se uma equipe médica viesse buscá-lo, já estaria aqui – respondeu Speer. – Não conhece mais a Intempol? Mas talvez não tenham vindo porque esperam que nós saiamos. Sabem, acho que não temos mesmo opção...

– Temos, sim – disse Carlo. – Eu.

Todos, incluindo Valladão e Guimarães, olharam para o rapaz. Skorzeny, segurando a lacraia entre os dedos, comentou:

– É verdade. Ele pode mesmo. E pode outras coisas também, como por exemplo, matar a todos aqui. Minha questão é por que ainda não fez nada.

Valladão se aproximou.

– Tem razão. É uma boa pergunta. Outra ótima, seu nazista escroto, é: por que eu não dou um tiro nessa sua cara?

Guimarães levantou a mão, digitou uma sequência de números num painel embutido em uma das paredes, que deu lugar a uma caixa blindada cheia de tubos. Era a câmara de estase.

– Ei! – gritou. – Antes de começarmos a trocar tiros aqui dentro, que tal guardarmos esse sujeito?

E com a ajuda de Le Corbusier, do Adolf Hitler tímido e de Albert Speer, abriu a tampa da câmara que deveria conter a fisiologia de seu ocupante em estado de animação suspensa.

Voltando-se para o colega, retrucou:

– A política nos força a estranhas alianças. Se o coronel Skorzeny tiver a bondade de me passar o inseto, explico por que temos de deixar de lado nossas desavenças e formar uma aliança contra essas lacraias.

Levantou a mão fechada e mostrou o bicho enrodilhado a todos.

– O motivo é simples: ainda somos humanos, e essa coisa não é.

Foi difícil para Valladão segurar o riso quando a bota de Guimarães esmagou a lacraia.

Win desconfiava que o futuro era uma bota no rosto. De quem seria a bota e a quem pertenceria o rosto, ainda eram questões em aberto. Porém, muita gente parecia estar a fim de pisotear ultimamente. Se o novo anexo nos arquivos referentes ao Brasil e ao Rio de Janeiro na década de 1970, mais especificamente de 1972 a 1978, deveriam ser levados a sério, então havia toda uma nova história, e ninguém mais, nem ele, que sabe-se lá porque costumava reter memórias de alterações radicais na Linha Temporal Oficial, parecia notar.

A guimba de cigarro que Win esmagou no cinzeiro, esse objeto obsoleto desde 2001, era um Lucky Strike sem filtro, 1984, coisa rara, que vinha direto de um fornecedor particular, um sujeito com pinta de italiano, sediado na Califórnia. Pousou os cotovelos magros no suporte para o teclado de seu terminal Amiga 2107 e apoiou o queixo nas mãos entrecruzadas. A testa vincada assumiu a cor amarela, sinal de extrema concentração. Aquela coceira atrás dos olhos, a impressão de que algo estava errado dentro de sua cabeça, não era incomum e acontecia uma vez por mês. Mas dessa vez era pior, parecia um martelar constante.

Uma ponte Rio-Niterói bem diferente daquela que ele conhecia, sem as lojas laterais e muito mais perigosa e instável. Um governo militar longevo, espraiando por dentro da década de 1980 e consumindo todos os recursos do maior país da América do Sul. A guerrilha no Araguaia abortada antes do tempo. E, principalmente, nenhuma Transamazônica, o que dava origem a uma região perdida no mapa do Brasil, logo invadida e saqueada por outras nações.

E no final, o Caos.

Win já estava naquele estágio parecido com o acordar, quando as lembranças do sonho vão desaparecendo e a gente não sabe mais o que é certo, o que sonhou ou o que está construindo naquele momento, improvisando com a imaginação.

De qualquer maneira, algo estava errado e deveria ser consertado. Ou vice-versa.

E Win sentia que a bota que esmagava rostos tinha tudo a ver com isso.

X: QUAL É O PLANO, AFINAL?

A INVASÃO DO escritório foi moleza. Graças às dicas de Skorzeny, as lacraias foram localizadas e não reagiram. Acabaram dizimadas como gatos num saco. "Somos todos iguais nesta noite", cantou mentalmente Valladão enquanto despejava chumbo nos zumbis babões. O fato de gente inocente servir de hospedeiros para as lesmas do espaço não o incomodava. Baixas eram esperadas.

Papéis cheios de textos que diziam respeito às diversas personagens gerenciadas pelos aliens voavam num carnaval. E o cheiro de pólvora completava o cenário.

O recado estava dado. Os dissidentes yithianos não eram bem-vindos neste mundo. Mas, de acordo com Guimarães, outros mundos seriam possíveis.

O escritório no centro do Rio de Janeiro, em 1955, foi pulverizado. As máquinas de escrever, os arquivos, as luminárias de galalite, tudo varrido por um comando negro armado até os dentes. Os corpos hospedeiros, a coleção de carecas balofos, foram esburacados, reduzindo as lacraias a gritos transistorizados amplificados por receptores aleatórios distribuídos pelo edifício. Rádios de pilha, radiolas, rádios de automóveis estacionados na garagem unidos em uma cacofonia de gritos interrompidos por botas de sola tripla.

A base dos yithianos revoltosos foi extinta em três minutos. Guimarães, Valladão e Costa, sem os capuzes, contemplaram o cenário devastado. Os outros cinco homens de preto que completavam a equipe não eram homens plenos, mas cascas habitadas por yithianos antigos, entidades que projetavam suas consciências além do corpo. Nada de insetos asquerosos, mas fantasmas d'além-cosmo.

Para Valladão, não havia diferença. A única coisa que o impedia de disparar contra aquelas aberrações era o desequilíbrio numérico. E não podia esquecer o fato de cada um deles ser telepata.

– Tudo resolvido? – perguntou Guimarães. – Exterminamos todos eles?

Um dos encapuzados limpou a bota na quina de uma escrivaninha de madeira vagabunda.

– Sim. A rebelião foi esmagada.

– É tudo o que a gente precisava – comentou Valladão. – Alienígenas palhaços. Porra, Guima! Eu tenho mesmo de aguentar isso?

Guimarães sorriu.

– Não necessariamente – e virando-se para Carlo Costa, acrescentou:

– Agora é contigo, guri.

Costa assentiu e suas feições endureceram. Os cinco lordes de Yith congelaram.

O futuro da Terra é de seus verdadeiros donos. Nem sombra de humanos, sejam viajantes temporais ou não. Nada de anos interditos, pois não há o que interditar. Tudo é deles, os mestres do planeta, aqueles que formataram a crosta e esperaram até a temperatura tornar-se ideal. No céu, uma gigante avermelhada domina o azul sem meios tons. O silêncio é reconfortante, pois toda comunicação, quando necessária, é resultado da comunhão das mentes plácidas, puras, perfeitas.

O futuro é ideal para os lordes de Yith, que finalmente estão em casa. Para sempre.

Os cinco lordes ficaram ali, parados, em curto-circuito temporal, enquanto Guimarães, Valladão e Costa faziam os últimos preparativos.

– Próxima parada, o neandertal – disse Guimarães para Costa.

– Está feito. Ele está em casa e eu também. E vocês.

Valladão franziu a testa.

– Como é?

Costa não deu tempo para outras questões. Pegou os braços dos companheiros, conclamou um trovão...

... e o mundo era outro. E a principal diferença era a ausência de sombras sobre o Rio de Janeiro.

Em plena Avenida Rio Branco, em julho de 1998, Valladão virou-se para Guimarães.

– Agora é o momento em que você explica tudo, né?

Os vastos bigodes de Orlando Guimarães pareciam mais claros sob o sol das seis da manhã.

– Certamente. Sabe as novelas das seis, que terminam em casamentos, com todos felizes para sempre? Pois é o nosso caso. Esta é uma outra Terra. A nossa Terra. Uma entre infinitas, que podemos trocar quando nos der na telha por qualquer modelo mais novo. Os aliens... Bem, eles também têm sua Terra, moldada a seu bel prazer. Eles queriam tanto aquela porcaria fedorenta que o mínimo que poderíamos fazer por eles seria dar-lhes de presente. Que façam bom proveito, os safados.

– Mas eles sabem?

– Eles acham que sabem. Nossa arma secreta resolveu esse probleminha. Enganou a todos. Mexeu com a estrutura temporal de tal maneira que eles acreditam que nos exterminaram. E nós, bom, nós zeramos o placar. Eliminamos toda aquela bobajada de futuro pré-determinado e anos interditos e coisas assim. Agora é tudo nosso. Podemos fazer o que bem entendermos.

Valladão pensou que o plano era bom. A sede da Intempol, tantas vezes invadida e até eventualmente explodida num passado que nunca existiu, estava lá, linda em sua magnificência pós-moderna. Não importava onde Costa tinha ido parar, ou o que aconteceu com a turma de matadores que Piper arregimentou. Tudo estava nos eixos, no melhor dos mundos possíveis.

Recostados nas portas de vidro da sede, Guimarães e Valladão esperavam o ascensorista chegar para abrir o prédio. Tião era sempre o primeiro a aparecer, e quando o sorriso do negro despontou do outro lado da rua, gingado e pequeno, Valladão estreitou os olhos, os ombros sacudindo em resposta a um arrepio incontrolável.

– É – disse, acendendo um cigarro. – É mesmo um mundo maravilhoso.

XI: O MAIS AMARGO FIM

A SALA DE reuniões da S&LeC era grande e, de acordo com Le Corbusier, prática. Uma única mesa de mogno, lisa, sem adornos, e quatro cadeiras, onde ele, seu sócio Albert Speer, Otto Skorzeny e Adolf Hitler tomavam chá.

– Parabéns, *Obersturmbannführer* – disse Speer. – Foi uma missão excelente.

Skorzeny bebericou o chá e respondeu:

– Ainda não acabou, Herr Speer. Tenho de voltar lá e tentar sobreviver ao confronto com aquela rameira. É verdade que ela me mata no final?

Speer trocou olhares com Le Corbusier e pigarreou antes de continuar.

– Não exatamente. Ou melhor, não necessariamente. Veja bem, não há por que o senhor ir até aquela pocilga brasileira e confrontar seus pretensos algozes. Aquela era outra Terra, e, levando em consideração possíveis vantagens em sua participação neste escritório, conversamos com nossos clientes e sugerimos que, para manter sua presença imprescindível naquele momento daquela História, outro Otto Skorzeny fosse criado para a situação. Ou seja, quem morre ali não é o senhor, mas um duplo extradimensional.

Skorzeny pousou a xícara sobre o tampo da mesa, correndo o risco de ser repreendido por Le Corbusier, que detestava manchas redondas na mobília.

– Se compreendi corretamente, parece que os senhores têm em

mente um papel para mim aqui. Confesso que estou curioso. Em que um militar como eu poderia ajudar um escritório de arquitetura e design?

Le Corbusier enrugou a testa no que parecia uma risada.

– Ah, o senhor não imagina como nosso mercado é uma guerra. Um perito em estratégia seria uma mão na roda para nós, principalmente em concorrências de alto risco.

Speer esticou o braço para o bule de ângulos arrojados e completou o discurso.

– Por exemplo, precisamos urgentemente saber quem está no páreo para a nova sede da Megiddo Incorporated, a ser fundeada em Vitória, Espírito Santo, no Brasil. O senhor sabia que a renda *per capita* dessa cidade é das maiores do século XXIII? Trata-se de um grande investimento.

Skorzeny, sorrindo, cruzou olhares com Hitler.

– Certo. Será que eu teria carta branca para contratar uma equipe digna desse nome para me auxiliar nas missões? Por exemplo, Herr Hitler aqui?

Os sócios levantaram suas xícaras como num brinde.

A câmara criogênica foi aberta nos laboratórios do Departamento %.

Carlos estava à beira da morte, mas seria um desperdício perdê-lo. O objetivo era reformatá-lo para uma nova função, enquanto Piper esperava do lado de fora, imerso em dados emitidos por seu *palm*. A missão falhou, mas poderia juntar os cacos. Pena foi ter perdido Harry, mas de acordo com o memorando recém-chegado, a Empresa estava com novas e interessantíssimas perspectivas de crescimento.

Um dos sujeitos de branco com o símbolo percentual impresso no jaleco se aproximou da divisória de vidro. O polegar para cima indicava que, ao que parecia, Carlos Lamarca estava cem por cento fora de perigo. Agora era reprogramar aquela mente e preparar a nova equipe. Alguns nomes já tinham o aval da chefia, e dessa vez, nada de cangaceiros ou vadias com sonhos de grandeza. Quando Lamarca abrisse os olhos, a história seria outra.

Maria, cujo nome principia na palma da mão, esbarrou de propósito no gordo que vagava aparentemente sem destino pela cela branca adimensional. A Prisão Especial era muito ruim, mas a vingança ainda era possível. Freitas foi agarrado pelo pescoço e rotacionado em cento e oitenta graus até ficar frente a frente com a menina que foi Maria, Olga e outra coisa. Aquela mesma de quem ele costumava abusar há vários anos em sua linha temporal particular.

Mesmo sem identificar o rosto, Freitas encarou a assassina como uma velha amiga, que batia à porta depois de décadas. A última lacraia, indetectada pelos agentes da Intempol que o prenderam, mudou de dono logo depois que o pescoço foi quebrado.

Win S. descobriu a quem pertencia a bota que esmagava a realidade.

Era tudo mentira, pois a História era reescrita constantemente por mãos invisíveis, e o que parecia estabilidade era apenas a aurora de um novo apocalipse. A memória dos sistemas triplicou de tamanho sem razão aparente, o que significava que muita, mas muita coisa mesmo havia sido retirada, ou, na pior das hipóteses, desrealizada. Aquelas bobagens a respeito de um suposto Nível 6 composto por deuses interdimensionais voltaram à ordem do dia, como novos velhos tempos.

E aqueles e-mails anônimos davam mesmo nos nervos.

Win não fazia ideia do que significava *ignorância é força.*

Em 1938, Robert Johnson acabava de gravar seu primeiro disco e estava feliz da vida. Mas isso não o faria recusar uma aposta imperdível.

Os dois sujeitos que o procuraram no dia anterior pareciam sinceros e não havia nada a perder. Os shows costa a costa eram uma oferta excelente para quem não tinha nada além de uma coleção de *bluegrass* e *spirituals* que nenhum branco pagaria para ouvir. O material, porém, era muito bom, e os branquelos de terno preto pareciam reconhecer isso.

A encruzilhada poeirenta perdia os contornos quando o carro preto surgiu no horizonte. Dentro dele, Valladão e Moreira, que morreria assassinado em menos de uma semana, carregavam uma pilha de CDs e planos para a carreira longeva do maior *bluesman* de todos os tempos.

Ao entrar no automóvel, o acordo entre Robert Johnson e o diabo estava, finalmente, selado.

Posfácio:
O fortuito me fascina

por Octavio Aragão

Se Deus não joga dados, não sabe o que está perdendo.

Poucas coisas me fascinam mais que assistir ao resultado aleatório de um gesto impensado. Apertar um botão e ver imagens formando uma padronagem, como se adquirissem vida, é parecido com observar as engrenagens do Universo, só que nesse caso o impulso inicial vem de nossas mãos. Ou seja, é parecido ao ato de dar corda a um relógio muito, muito grande.

Quando comecei com a *Intempol*, essa brincadeira com ares de ficção científica e pose policialesca, esse jogo do qual mais de uma dúzia de autores já participou desde 1998, cada um acrescentando detalhes infinitos que eu jamais poderia ou quereria prever, não imaginava que ainda teria histórias para contar depois de tanto tempo. Em 2007, porém, depois de assistir aos processos criativos de colegas como Fábio Fernandes e Lúcio Manfredi, que escreveram dois romances dentro do universo que comecei, os ótimos *A Revanche da Ampulheta* (Ano Luz, 2002) e *Aurora Dourada* (2004) (e se vocês não leram essas histórias, façam um abaixo assinado para que os autores republiquem, porque valem a pena), resolvi que seria o meu momento de tentar fechar uma fase, homenageando meus colegas e minhas inspirações, dando um passo além.

Decidi que desenvolveria uma *novelinha* online, um folhetim sediado no blog do projeto *Intempol*: intemblog.blogspot.com. Durante treze semanas busquei fechar pontas soltas iniciadas em meu conto eu *Matei Paolo Rossi* (Ano Luz/1998) e que percorreram cerca de cinquenta contos, noveletas, novelas e romances, mas construindo uma história coesa que agradasse a quem não conhecesse os meandros da Empresa, como carinhosamente chamamos a *Intempol*.

Os comentários dos leitores me ajudaram a explicar as cenas, desenvolver personagens e criar subtramas. A participação, a *interação*, nunca foi tão verdadeira, intensa, e necessária para me manter ligado à história, reescrevendo tudo a cada novo capítulo, buscando uma coesão, tentando enxergar a lógica por trás do acaso. A vocês, leitores fortuitos, vai meu primeiro agradecimento.

A segunda vênia é dedicada a meu filho mais velho, Pedro Henrique, que de maneira inadvertida leu o álbum em quadrinhos *Para Tudo se Acabar na Quarta-feira* (Draco, 2011) e disse que o conceito de universos saídos de mentes das pessoas deveria se mais explorado. *Mas eu já explorei isso*, pensei, e era verdade. Voltei para o texto no blog, reli tudo e desesperei.

Era horrível. Muito pior do que recordava. Sim, as ideias eram até interessantes, mas precisava reescrever.

E assim (re)fiz. Transformei a *novelinha* em um romance, mais ou menos como Stephen King fez com *Riding The Bullet*, originalmente escrito para a Internet e, posteriormente, tranformado em novela. Segundos depois de terminar, contactei o Erick Santos, da Editora Draco.

– Quer um romance da *Intempol*? Sim, *meu* primeiro romance da *Intempol*.

Ele topou e aqui está minha visão de como foi/é/será a última história da agência de segurança temporal pintada em cores brasileiras (e algumas gringas também, a Argentina, a Alemanha e os EUA também têm uma ou duas palavras a respeito da nossa bagunça). Isso significa que não haverá mais narrativas intemporais? Que desisti de tudo?

Deixem-me responder com duas frases, das poucas coisas que aprendi na vida: Deus não joga dados. Ele prefere *poker*.

NOTAS INTEMPORAIS

- Carlo Costa, o herói transtemporal, é uma homenagem a C. C. Beck, criador de, entre outras coisas, um certo super-herói que grita palavras mágicas.
- Guilherme é o mesmo personagem de *Para Tudo se Acabar na Quarta-feira*? Não. O Guilherme de *Reis de Todos os Mundos Possíveis* é baseado em meu filho mais novo, só que o ficcional surgiu em 2007 e o Gui, o Gui de nosso universo dito real, nasceu em 2009. Entendam como quiserem.
- Guimarães e Valladão surgiram pela primeira vez no conto *Um Museu de Velhas Novidades* (Ano Luz, 2000) e, depois, em *Para Tudo se Acabar na Quarta-feira.*
- Os agentes Largo e Machado apareceram em *Para Tudo se Acabar na Quarta-feira.* Macedo é criação de Jorge Moreira Nunes e estrelou diversos contos ao lado de seu primeiro parceiro, Sobrinho. O novo assistente, Buarque, é criação minha, baseado em um certo poeta.
- LaCroix é criação de Carlos Orsi e foi protagonista de *A Mortífera Maldição da Múmia* (Ano Luz, 2000) e de *Melissa, Meretriz do Mal* (2006), dois terços da trilogia MMM.
- Dualai, o neandertal, é a genial cria de Fábio Fernandes, talvez o melhor vilão de toda a série, e surgiu em *A Vingança da Ampulheta* (Ano Luz, 2000).
- Os yithianos são homenagens de Carlos Orsi a H. P. Lovecraft e também apareceram no Universo Intempol no conto *A Mortífera Maldição da Múmia.*
- O nordeste alternativo onde Lampião e Luis Carlos Prestes uniram forças foi desenvolvido em minha noveleta *O Dia Em Que Virgulino Cortou o Rabo da Cobra Sem Fim Com o Chuço Excomungado* (Draco, 2010).
- Por último, mas não menos importante, o Departamento M é de Carlos Orsi, o Departamento % e a organização Tempus Fugit são de Alexandre Mandarino, os Hereges do Tempo e os Portos Seguros vieram da cabeça de Luiz Felipe Vasques e Henry Armstead-Gonzales, o descobridor da viagem temporal intempoliana que acabou batizando a Prisão dos Homens Que Nunca Existiram, é outra grande criação de Fábio Fernandes.

INTEMPOL

Este livro foi impresso na Renovagraf
número 1.2013.008,01, em julho de 2015